JN014844

2
三日月さんかく
Illust. 宛
妄想好き転生令嬢と、
他人の心が読める
攻略対象者
～ただの幼馴染のはずが、溺愛ルートに突入しちゃいました!?～

ノンノ・ジルベスト（16歳）
前世ではえっちなことに興味津々だったものの
何も知らないまま事故に遭い、超健全乙女ゲーム
『レモンキッスをあなたに』のモブ令嬢に転生した少女。
シトラス王国ジルベスト子爵家の次女。
儚げな美少女だが頭の中は妄想でいっぱい。
その知識を活かし、ピーチパイ・
ボインスキーというペンネームで
ちょっとえっちな小説を書いている。
アンタレス・バギンズ
『レモンキッスをあなたに』の攻略対象者。
シトラス王国バギンズ伯爵家の長男。
幼い頃に読心能力に目覚め、内にこもりがちに
なったものの、ノンノの真っ直ぐな
心に惹かれ、徐々に外の世界へ出るように。
今ではすっかりノンノの虜となっている。

プロキオン・グレンヴィル
『レモンキッスをあなたに』の攻略対象者。
騎士団を統べるグレンヴィル公爵家の嫡男。
生まれつき『負の感情を抱くと
体に激痛が走る』という呪いを持っている。
呪いを抑えるために心を鍛えようと、
騎士の訓練に精を出している。
そのせいで、周囲からは近づき難い
存在として恐れられている。
スピカ・エジャートン
『レモンキッスをあなたに』のヒロイン。
シトラス王国エジャートン男爵の孫娘。
心優しい頑張り屋さん。どんな困難にも
前向きで、人を怨んだり妬んだりはしない。
いつも笑顔で、自分のためには怒ったり
しないが、他人のためには腹を立てることも。

「『アンタレスに心を読まれることは恥ずかしいけれど、
自分自身の恥ずかしさより、
アンタレスと楽しく過ごすほうが何百倍も大事なの』って、
きみは僕に言ったんだ。それなのに今更離れないでよ。
どんなきみでも愛しているから、
僕の傍からいなくならないで……」
「約束します、アンタレス君。
ノンノ・ジルベストは例え羞恥に焼け焦げて
そのまま死んでしまいそうになっても、
あなたの傍にいます。おめおめと生き恥を晒します。
だって、アンタレスを愛しているから」

Home Gallery Story System

妄想好き転生令嬢と、他人の心が読める攻略対象者
～ただの幼馴染のはずが、溺愛ルートに突入しちゃいました!?～
2

三日月さんかく
Illust. 宛

Contents

Mosozuki tenseireijo to,
tanin no kokoro ga yomeru
koryakutaishosha

第一章 Wデート

Chapter 1

十六年前のある日、私ことノンノ・ジルベストは、超健全乙女ゲーム『レモンキッスをあなたに』の世界にモブ子爵《ししゃく》令嬢として転生した。

通称『レモキス』は、ヒロインが持ち前の明るさと優しさで攻略対象者の悩みや苦しみに寄り添い、甘酸っぱい交流を重ねて、初恋を成就《じょうじゅ》させるというストーリーだ。

王国滅亡の運命とか、悪役令嬢が国外追放とか、魔王復活とか、そんな恐ろしげなフラグなどな一つないゲームである。

普通の転生者ならば、そんな穏やかな乙女ゲーム世界に生まれ変われたことを、心から喜べるのだろう。

私も平和って大好きだよ！　破滅フラグと戦えなんて言われたら、人目もはばからず泣き喚《わめ》いていると思うね！

でも、そんな『レモキス』の舞台国であるシトラス王国は、平和の裏でとても恐ろしいゲーム強制力に支配されていた。

その名も『健全強制力』!!!

恋人や婚約者とどんなにラブラブでも、ちゃんと結婚しないと、えっちなことが絶対に出来ない恐怖の力なのである!!

ちなみに名付けたのはこの私だ。シトラス王国の国民全員が、この強制力を不思議に思っていないからね……。

この恐怖の強制力の話を聞いて、「なんだ、その程度か」と思った人は、きっと前世でものすごくエロエロスケベな人生を送ったに違いない。

エロ本を読んだり、スケベな動画を見たり、もしかしたら恋人とアッハ～ンなことをしたり、結婚して伝説の「ごはんにする？　お風呂にする？　それともワ・タ・シ？」まで経験したのだろう。

羨《うらや》ましい……！

私の前世には、そんな輝かしいスケベ体験なんて一つもなかった。

えっちなことに興味津々《しんしん》だったのに、高校を卒業するまでは十八禁は駄目だからと、一生懸命それらから目を背《そむ》けて生きてきた。

少女漫画の強引なキスシーンや、少年漫画のパンチラシーンなんかは、本の背表紙が割れるほど読み込んだけれどね☆

とにかくその結果、私は保健体育の授業以上のことはよく知らないまま、高校卒業と同時に事故死してしまったのである。

そんな不幸な前世を持つ私だが、現世ではなんと！　婚約者が出来ました！　きゃ～♡

まぁ私、外見は儚《はかな》げ美少女に生まれちゃったのでね。ヘーゼルナッツ色の髪と瞳も相まって、色素薄い系です。おっぱいはあんまりないです。

本当はボンキュッボンのお色気お姉さんに生まれ変わりたかったのだが、婚約者をゲット出来たので良しとしよう。

私の婚約者はバギンズ伯爵家《はくしやくけ》のご令息、アンタレスだ。淡い色合いの金髪とエメラルドグリーンの瞳が印象的な、中性的美青年である。

アンタレスは私の幼馴染《おさななじみ》であり、攻略対象者でもあり、なんと、他人の心が読める超能力者なのである。

私から垂れ流されるえっちな妄想を十年間聞き続けた末に求婚してきたので、アンタレスは相当私のことが好きなんだと思う。間違いない。

私はスケベだけれど恋愛経験ゼロなもので、アンタレスからの求婚に最初は戸惑《とまど》ったりしたけれど……。紆余曲折《うよきよくせつ》ありまして、ちゃんとアンタレスのことが異性として好きだと自覚出来たから、身も心もアンタレスの婚約者になりました！

結婚するまではえっちなことが許されない本当にふざけた世界だけれど、アンタレスとしっかり愛を育《はぐく》んでいきたいと思います！

「というわけで、今日はWデートなんですの。セレスティ、支度をお願いしますわ」

「なにが『というわけで』なのかは、よく分かりませんが。本日はバギンズ様やご友人方と街歩きをするのでしたね？　ノンノお嬢様がたくさん歩いても疲れないような靴を用意いたしましょう」

夏期休暇も終盤に差し掛かった本日、ヒロインであるスピカちゃんと攻略対象者のプロキオン・グレンヴィル公爵令息《こうしやく》、そしてアンタレスと一緒にWデートをするのだ。

今日はスピカちゃんの希望で大聖堂とその周辺を街歩きする予定だ。観光地として栄えている場所なので、ぷらぷら歩くだけでも絶対に楽しいだろう。

巨乳侍女《じじょ》のセレスティが踵《かかと》の低い靴を見繕《みつくろ》ってくれた。

セレスティは私が幼女の頃から我が家にいるベテランで、私のセクシー下着コレクションを完璧に管理してくれる素晴らしい侍女である。私一人では到底管理しきれない数だからね。

彼女は私に服飾センスがないと思っているらしく、セクシー下着についても「ノンノお嬢様には似合っていませんよ」と言って、清純系下着をすすめてくる。ちょっぴり困ったさんだ。

けれど繊細なレースを損《そこ》ねることなく洗濯してくれる彼女の技術は、確かなものだった。

なにより巨乳なので、傍《そば》にいてくれるだけで癒《い》やしである。

小さい頃はよくセレスティに甘える振りをしながら、彼女の腰に抱きついたっけ。下から見上げるセレスティのお胸様は前人未踏の山脈のように神々《こうごう》しく、心の中で何度も拝んだものだ。実に良い時代であった。

私はもう幼女特権を失ったので、気安く彼女に抱きつけなくなってしまったけれどね。

そんなセレスティは靴に合わせて、コーラルピンクの清純系ワンピースを用意してくれた。

「あまり買い食いはなさらないでくださいね、ノンノお嬢様。今夜のお夕食が入らなくなりますよ」

「はーい」

強制的に食べられない装備（コルセット）をされると大変なので、私はおとなしく頷《うなず》く。

なにか美味《おい》しそうなものを見かけたら、その場ではたくさんは食べずに我が家へのお持ち帰りにしようっと。

セレスティに髪を整えてもらって、最後にアンタレスから貰《もら》った真珠の婚約指輪を嵌《は》めれば、今日も儚げでか弱そうな美少女の完成だ。鉄分とかカルシウムとかが足りなさそうな感じの。お色気お姉さんとは実に対極的な容姿である。

「ノンノお嬢様、バギンズ様がご到着されました」

「ええ、分かったわ。じゃあ行ってくるわね、セレスティ。お土産《みやげ》を楽しみにしていてね」

「お気を付けていってらっしゃいませ」

自室を出て玄関に向かえば、玄関ホールにアンタレスの姿があった。

アンタレスも今日は街歩きに備えて、動きやすくて簡素な服装をしている。

それでもシャツやスラックスの生地《きじ》の質が良過ぎて、富裕層オーラがすごいけれど。あと、相変わらず足の長さが際立《きわだ》っている。

アンタレスの見目の良さには子供の頃から慣れているはずなのに、胸の奥がぎゅっと締め付けられるように感じるのは、私の中に芽生えた恋の自覚のせいなのだろうか？

目が合った瞬間ににやけそうになる口元を引き締めようとして、失敗し、私の唇がもにょもにょと動く。

「ノンノ嬢、おはようございます。本日も麗《うるわ》しいですね」

アンタレスが笑っている。

読心能力を持つ彼の前では、私の心など丸裸だ。

私がアンタレスに会えてふわふわ喜んでいることも、婚約者になったことをまだどこか気恥ずかしく感じていることも、Wデートにワクワクしていることも、全部伝わってしまっている。

玄関ホールには我が家の執事や侍従《じじゅう》がいるので、アンタレスも周囲の目を気にして紳士モードだが、彼のエメラルドの眼はいつも以上にキラキラと輝いていた。

私も頑張って、淑女モードで微笑む。

儚い雰囲気のせいで、困り笑顔にしか見えていないだろうけれど。

「お褒《ほ》めいただきありがとうございます、アンタレス様。とても嬉しいですわ」

アンタレスがすっと右手を差し出すので、私もそれに手を重ねた。子供の頃から慣れているアンタレスのエスコートだ。

けれど子供の頃より今のほうが、エスコートされるのがずっとずっと嬉しい。

執事たちに「いってらっしゃいませ、ノンノお嬢様」と見送られて、私は玄関前に停められたバギンズ伯爵家の馬車へと乗り込んだ。

馬車の中でアンタレスと二人きりになると、自動的に淑女モードがＯＦＦになる。省エネだ。

アンタレスと二人きりになる機会なんて、この十年の間に何度もあったのに。というか、ほとんど二人きりで遊んで過ごしていたな……。それなのにアンタレスへの気持ちは全部恋だと認めてしまったら、ただ一緒にいるだけで心がうずうずするから不思議だ。

なんというか、大声で叫び出したい気分。

「いや、馬車の中で叫ぶのはやめてよね」

アンタレスが可笑《おか》しそうにくすくす笑う。

その笑顔に私は思わず見惚《みと》れた。

走り出した馬車の窓から爽《さわ》やかな日差しが降り注ぎ、アンタレスの淡い金髪をより一層光り輝かせる。

星の瞬《また》きみたい、と思った途端、私の指先がうずいた。

アンタレスの髪に触れたいという衝動が、お腹《なか》の奥から込み上げてくる。

「触ってもいいよ」

少し恥ずかしそうに頬を染めながら、アンタレスが言う。

私は早速、隣に座るアンタレスとの距離を詰めた。

「えへへ。ありがとう、アンタレス。なんだか私、最近すごく欲求不満みたいで……」

「ノンノ、その言葉のチョイスをどうにかして」

「アンタレスにムラムラして？」

「絶対、他に言い方があるでしょ⁉」

「アンタレス、愛しているわ？」

私がそう言えば、アンタレスは「うっ」と喉《のど》を詰まらせた。頬をさらに紅潮させているアンタレスの髪に、私は手を伸ばす。

わぁ、サラふわだぁ。

前世のような高品質のシャンプーやトリートメントなど存在しない世界なのに、どうしてここまで触り心地が良いのだろう。攻略対象者、恐るべし。

私は何度も指の間でアンタレスの髪を梳《す》き、その度《たび》にこぼれるアンタレスの髪の匂いをすんすんと嗅《か》いだ。石鹸《せっけん》の爽やかな香りがする。

うへへ。髪に触れるだなんてプラトニックど真ん中なのに、嬉しくて、楽しくて、胸がドキドキする。ずっと触っていたくなってしまう。

それどころか、アンタレスのほっぺたとか、鼻筋とか、首筋だとか、喉仏だとか。欲張りにも全部指でなぞりたくなってしまう。

私がそんなことを思えば思うほど、アンタレスの肌がどんどん紅《あか》くなっていった。

耳朶《みみたぶ》も首筋も、手の甲や手首まで茹《ゆ》で蛸《だこ》のようだ。どうやら、かなり照れているらしい。

「ねぇ、やっぱり今の私って発情期じゃない？」

「……せめて思春期ぐらいにして」

ニヤニヤ眺めていると、私の視界に影が差す。

さっきまで可愛らしく照れていたはずのアンタレスが、なぜか急接近してきた。

「ノンノ……」

アンタレスの雰囲気がガラリと変わり、真剣な目付きになった。彼から醸《かも》し出される色気がいつもの二倍になっている。なんだこれ、えっろ。

骨ばった大きな手のひらに頬を撫でられた瞬間、私は思った。食われる、と。

「まっ、待ってぇぇぇ！　心の準備が……！」

「キスだけだから、いいでしょ。というか、それ以上は強制力で出来ないし」

「『キスだけだから』!?　キスだけでも心の準備は必要なんです！」

「僕たち、キスはもう何回もしたでしょ？」

「何回しても、毎回心の準備タイムがほしいです！」

だって、だって、だって！

毎回アンタレスの雰囲気が怖いくらいえっちになっちゃうし!!

アンタレスとのキスも、なんだかとってもふわふわして、でも体中がぞくぞくして、すごくえっちだし!!

一度チュータイムが始まっちゃうとアンタレスってばなかなかやめてくれないし、えっちだし!!

とにかく、キスってとんでもなくえっちなことなんだよ!!!

「ふぅーん。分かった。待ってあげる」

アンタレスは一旦、理解を示す態度を見せた。

だが、彼は妖艶《ようえん》な微笑みを浮かべると、自身の唇を指差してこう言った。

「心の準備が終わったら、ノンノから僕にキスしてね」

「ひょえええ!?」

「当然でしょ? ノンノの心の準備がいつ終わるのか、僕には分からないし」

「心の声が読めますよね、アンタレス君!?」

なんだか急に、アンタレスが高度な恋愛テクニックを発揮して、私からのキスを要求し始めたぞ。

どういうことなんだ……。

呆然とする私に、アンタレスが答える。

「だって、いつも僕からノンノにキスしてばかりだし。たまにはノンノからキスしてくれてもいいでしょ」

アンタレスはそう言って、プイッと横を向いた。

どうやらアンタレスは、私がいつも受け身であることに不満を感じていたらしい。

なんて申し訳ないことを彼にしてしまっていたのだろう。

ここは頑張って、自分からアンタレスにキスをしなければ。

そうよ、お色気お姉さんのように……！

「かっ、可愛いボク！　お姉さんがチューしてあげるわ！　うっふ～ん！」

「そういう設定は要《い》らないから。ノンノのままでキスして」

「私は生まれた時からセクシーノンノ様です……っ！」

「意味が分からない」

私はアンタレスの両頬を摑むと、彼の唇をじっと見つめる。

形の良いその唇がどれほど柔らかくて、いつもどんなふうに私にキスをするのか思い出したら、更なる羞恥《しゅうち》の波が私を襲った。

恥ずかしい。すごくえっちだ。でも触れたいし、触れられたい。イチャイチャしたい。

アンタレスの頬を摑んだままフリーズしていると、突然彼が動いた。

「ごめん、ノンノ。待ってあげるつもりだったけれど、もうすぐ街に到着するみたいだ」

「え、えっ？」

「ノンノからのキスはまた次の楽しみに取っておくよ」

「んんん～～～っ!!?」

結局、アンタレスからチューされた。

柔らかくて、熱くて、甘くて、私の頬を撫でる手つきまでえっちだ。

キスの最中にアンタレスと目が合うと、ただでさえ息継ぎが難しいのに胸の奥がキュンってしちゃって、死んじゃいそう。

総じて『はわ……、はわわわわ……！』という言語化出来ない気持ちです。

時間がないというのに馬車を降りるギリギリまでキスをされたので、外に出た時には、ふわふわのふにゃふにゃになってしまった。

アンタレスに『もっと』って、ねだられると、ついつい流されちゃうんだよね。困ったものだ。

踵の高い靴だったら地面に立っていられなかったかもしれない。ありがとう、セレスティ……！

「ねぇ、私だけじゃなくアンタレスも発情期じゃない？」

「だから、せめて思春期と言って」

恋とは大変スケベなものだなぁ。

▽

王都の最奥部《さいおうぶ》にあるのは王族が住まう王城だ。その王城を囲うように、貴族が暮らす街がある。

敵襲から王城を守るためにそういう形になっているのだが、シトラス王国自体が健全強制力に守られているので、戦争などの大きな災禍《さいか》に見舞われるはずがない。正直、国内のどこに王城を建てても安全だと思う。

王都の中心には大聖堂がある。周囲の立地の良い場所に貴族が利用する高級店街が広がり、だんだんと平民たちが利用するお手頃なお値段のお店が増えていく。そこから先は平民たちが暮らす地区になっている。

私やアンタレスが暮らす貴族街は王城と大聖堂の間にあるので、移動時間はそれほどかからない。大聖堂の周辺には美術館や博物館、大図書館などもあって、とても賑《にぎ》やかな地区だ。

馬車から降りたあと、私とアンタレスは待ち合わせ場所である時計塔まで歩くことにした。

今日はスピカちゃんにも楽しんでもらえるように庶民的なデートを計画したので、高級店に馬車でそのまま乗りつけたり、大聖堂の秘宝を貴族特権で拝観したりはしないのである。

赤茶色の煉瓦《れんが》が特徴的な大きな時計塔は、平民の間で待ち合わせスポットになっている。周囲にはたくさんの人がいた。

まぁ、どれだけの人混みであろうと、あの二人ならすぐに見つけられるだろう。

シトラス王国の国民の大半は茶髪なのだが、スピカちゃんはとても珍しいピンクブロンドだし、プロキオンの黒髪も少数派だ。そこにいるだけで、めちゃくちゃ目立つんだよね。

髪の配色に関しては、乙女ゲームの主要キャラ特権なんだと思う。

攻略対象者であるアンタレスも淡い金髪だし。王太子ルートで本領を発揮するライバル令嬢のベガ様は学園一の美人という設定なのだが、彼女もキラッキラの金髪縦《たて》ロールである。

私はモブ令嬢なので茶髪族の一員だ。

もしも私がアンタレスルートのライバル令嬢だったら、銀髪とか緑髪だったのだろうか……。

まぁ、お色気お姉さんキャラになれないのなら、髪の色なんて重要じゃないですけれどね。

そんなことを考えながら、周囲の人の中からスピカちゃんとプロキオンの姿を探すが、見つからない。

まだ到着していないのかな？

「……ノンノ。あそこにエジャートン嬢がいるんだけれど」

顔を強張《こわば》らせたアンタレスが指差す方向を見れば、とんでもない人だかりが見えた。

若い男性たちが群がるその中心に、途方に暮れた表情をするスピカちゃんがいる。

「夢の逆ハーレムだ!!」

興奮で思わず鼻息が荒くなる。

さすがヒロイン・スピカちゃん！　美少女過ぎて男性たちから、

「ねぇ、一人？　お茶しない？　ご馳走《ちそう》してあげるよ」

「これからどこへ行くの？　大聖堂なら俺が案内するよ～」

「遅刻してるやつなんか放っておいてさ、俺とケーキを食べに行こうよ。俺の兄ちゃんがパティシエをやってる店なんだ」

などと、お誘いされまくっている。

健全乙女ゲーム世界だから、ナンパ男たちの誘い文句が妙に優しいなぁ。

私もあんなふうにたくさんの男性たちに囲まれて、『モテてモテて、困っちゃう〜♡』って言いたーい！　憂《うれ》いを含んだ表情で『美しさって罪なのね……』とか溜め息を吐《つ》きたーい！

「ノンノ、そんな妄想よりもさ。エジャートン嬢を助けに行かなくてもいいの？」

「たぶんこれ、ゲームイベントだから手を出したらいけないような気がするんだよね。ナンパ男からヒロインを助ける攻略対象者って、王道というか」

「ゲームイベント？」

「ほら、あっちからプロキオンがやってきたでしょ」

困っている友達を傍観《ぼうかん》するのは心苦しいけれど、ちょうど別の道からやってくるプロキオンの姿が見えた。

プロキオンも目立つ外見をしている。

腰まで届くほど長い黒髪と、紫の瞳が特徴的なクールな青年だ。

鍛え抜かれた体は軽装の上からもよく分かるし、端整な顔立ちも人目を引く。

だが、プロキオンの外見で一番目立つのは、顔の左半分を覆《おお》う黒いアザだ。

おどろおどろしい雰囲気を醸し出す黒いアザは、生まれついての呪いだ。そのせいでプロキオンは、人から避けられてきた。

ちょうど今も、プロキオンの周囲だけ人がどんどんいなくなり、スピカちゃんのもとへ辿《たど》り着く頃には、ナンパ集団すら青ざめた表情で立ち去ってしまっていた。

「ありがとうございます、プロキオン様！　おかげで助かりましたっ！」

「私は今、なにかしてしまったのだろうか……？」

「傍に来てくださっただけで助かったんですっ」

スピカちゃんたちはのんびりと会話を始めた。

「ノンノ、今のは助けたって感じじゃなかった気がするんだけれど」

「天然プロキオンだから仕方ないんだよ」

プロキオンの持つ呪いは、負の感情を持つと体に激痛が走るというものだ。だから彼は幼少期から騎士の訓練に励み、簡単には動じない精神力を手に入れた。

だがその影響で、プロキオンは感情表現が得意ではない。というか、ほとんどいつも無表情だ。対人スキルも全然ないので口下手《くちべた》である。

けれどプロキオン本人は至って大らかな性格の青年なので、周囲の人に避けられても全く気にしていない。そういう天然っぽいところが可愛いと人気のキャラクターだった。

プロキオンルートでは、スピカちゃんは彼の最初の友達になり、孤独を癒やし、人々との架け橋になっていく。そして最後には、疎遠《そえん》であった両親とプロキオンの仲を取り持ち、ハッピーエンドとなるのだ。

スピカちゃんが最終的にプロキオンルートを選ぶかはまだ分からないけれど、今日は四人で楽しく過ごせたらいいな。

スピカちゃんとプロキオンと合流すると、私たちはそのまま時計塔から大聖堂まで通じているメインストリートに向かう。

この通りに並んでいるのは、お土産屋さんや名物料理のお店がほとんどだ。

大聖堂の黄金製レプリカを売っている高級店もあれば、大聖堂のポストカードなどを売っている庶民的なお店もある。高級レストランがあるかと思えば、食べ歩きスイーツや軽食を売るお店もあり、いかにも観光地といった雰囲気の通りだ。

メインストリートでお買い物をしたり遊んだりするのは大聖堂を観《み》たあとと事前に決めていたので、スピカちゃんもプロキオンも足を止めない。だが二人とも、通り沿いのお店や行き交う観光客を物珍しそうに眺めている。

私やアンタレスはここには何度も来たことがあるけれど、二人は今回が初めてなのだ。

「あちらのアイス屋さん、すごいですねっ。フレーバーがたくさんあるみたいですよ」

「……あの店は、なぜあんなに人が集まっているんだ？」

「あちらの店には一日限定二十食のスイーツがあって人気なのですよ、グレンヴィル様」

アンタレスがプロキオンの質問に答え、プロキオンが不思議そうに首を傾《かし》げている。限定品に弱い民衆の心理が分からないのかもしれない。さすがはグレンヴィル公爵家嫡男《ちゃくなん》。

「やはり王都には、いろんなものがあるのですねぇ」

そう呟《つぶや》くスピカちゃんは、祖父母の家であるエジャートン男爵家《だんしやくけ》に引き取られるまでは、王都とは別の町で暮らしていた。

だから今日のWデートは『レモキス』の序盤にある、街案内イベントにあたるのだ。

「ランチはおすすめのお店を予約してありますので、お二人とも楽しみにしていてくださいね」

今日の予定がさらに楽しくなりますようにと、私は二人に声をかける。

「ありがとうございます、ノンノ様！　とっても楽しみです！」

「ジルベスト嬢、ありがとう」

ぱぁっと花開くように笑うスピカちゃんと、こくりと頷くプロキオンは、まるで正反対の表情だ。

けれど不思議としっくり馴染《なじ》む二人組である。

こういうのをお似合いの二人と言うんだろうな。

そんなことを考えていた私の目の前で、突然、横から現れた通行人がスピカちゃんにぶつかった。

「きゃっ！」

「うわぁっ!!　ぼくちんのアイスが……!!」

その通行人は、どうやらアイスの食べ歩きをしていたようだ。彼のでっぷりと太ったお腹に、チョコミントアイスがべっちょりと付いてしまった。

「そこの女!!　お前がよそ見をして歩いていたんだろう!?　ぼくちんの服にアイスが付いちゃった

じゃないか!!　どうしてくれるんだ!!」

青年の後ろから、ゴロツキのような風貌の男性たちがゾロゾロと現れた。

「うちの若になんてことをしてくれてんだ、嬢ちゃん！」

「若の服はお高いんだぞ！」

「しかもあのアイスは一時間並んでようやく買えた、今季限定爽やかさ三倍のハイパーチョコミントアイス、トッピングにチョコソースとナッツの追加だったんだぞ！」

ゴロツキたちはそう捲《まく》し立てた。

「えっ、ごめんなさい……！」

彼らの高圧的な態度に、スピカちゃんは反射的に謝った。

だが、青年が横から突然飛び出してきたのが原因である。スピカちゃんはちっとも悪くない。

それなのにスピカちゃんは青年にハンカチを差し出した。

「どうか私のハンカチを使ってください！　水飲み場を探して、早くシミ抜きを……」

「……天使」

青年はスピカちゃんの顔を見た途端、目がハートになった。なんと現金な。

でも、気持ちは分かる。

スピカちゃんは白磁のようにシミ一つないすべすべのお肌に、蒼《あお》い瞳も大きくキラキラと輝き、通った鼻筋や形の良い薔薇《ばら》色の唇が完璧なバランスでついている。まさにお人形フェイスなのだ。

ピンクブロンドの髪もふわふわで、さらにおっぱいも大きい。

スピカちゃんは完全無欠のヒロインなのである！

青年はスピカちゃんからハンカチを受け取ると、「きっ、気にしないで！」と言いだした。

「ぼっ、ぼくちんもよそ見をしていたし……！　それに、きみのことがちゃんと視界に入っていたら、どうしたってアイスを落としちゃっていたさ。ごめんね、マイスウィートエンジェル……！」

彼はスピカちゃんの魅力に全面降伏していた。

青年の突然の主張変更に、周囲の男性たちが困惑《こんわく》している。

「どうしたんですか、若？」

「あの子にもっとガツンと言わなくていいんですか？」

「せめてもう一度、アイスを買わせてきましょうよ！　俺ら、一時間も並んだんですよ!?」

「ぼくちんの天使にそんな酷《ひど》いことをするはずがないだろう!?　お前たちは馬鹿なのか!?」

よし。今のうちである。

私はスピカちゃんの手を取り、読心能力で私の意図を読んだアンタレスがプロキオンを促《うなが》し、とっととその場を離れることにした。

▽

健全強制力が蔓延《はびこ》るシトラス王国には、神々や精霊などの聖なる存在が実在している。というか、健全強制力自体が聖なる存在たちの仕業《しわざ》になっている。

そのためシトラス王国の至るところに聖なる存在を祀《まつ》る聖堂がある。その総本山こそが大聖堂だ。

この大聖堂で私とアンタレスは婚約誓約書にサインし、女神の祝福を受けた。

そのせいでキス以上のことをしようとすると、この世界から邪魔が入るようになってしまったことは記憶に新しい。

アンタレスとのファーストイチャイチャの思い出は、空から叩き付けてくるレモンキャンディーの雨だし。

その後もなにかとイチャイチャしては、アンタレスの箍《たが》が外れて、女神からのお仕置きを受けている。

アンタレスもムッツリだからさ、セクシーノンノ様を前に辛抱《しんぼう》するのは無理なんだよね……。

改めて考えてみると、これって全然祝福じゃないよね？　むしろ呪いだよね？

プロキオンの呪いも酷いものだが、思春期の男女にえっちなことが出来ない呪いを掛けるって、拷問《ごうもん》に等しいでしょ。拷問なんて受けたことないけれど。

そんなふうに私にとっては因縁《いんねん》ある大聖堂だが、今日もたくさんの人で賑わっている。

大道芸人や弾《ひ》き語りなどがいる広場を通り抜けて辿り着いた大聖堂は、下から見上げると圧巻の光景だ。サン・ピエトロ大聖堂をモデルにしたらしい。乙女ゲーム要素なのか、パステルピンクやアクアブルー、そして黄金を使い、これでもかと可愛い仕上がりだけれど。

スピカちゃんはラブリーな大聖堂正面にある、大理石の石像の群れを見て、「はぁ……。なんて精緻《せいち》な彫りでしょう」と感嘆の溜め息を吐いている。

プロキオンもアメジスト色の瞳を丸くして、大聖堂の外観を観察していた。

「グレンヴィル様、エジャートン嬢。大聖堂はじっくり観光しようとすれば一日ではとても足りない場所です。今日は有名な女神像と主聖堂を見学して、あとは美しい中庭を見るという予定で問題ないでしょうか？」

アンタレスがごくごく初心者向けの見学コースを提案すれば、スピカちゃんとプロキオンが同じタイミングで頷いた。

私はずっと繋いだままだったアンタレスの手を握り直し、一般入場口へと向かった。

日本製ゲームだからか、シトラス王国の宗教は多神教だ。

この世界を創造した男神と、その妻となる女神。そしてその子孫にあたる数多《あまた》の神々が存在するらしい。

その神のうちの一柱《ひとはしら》が人間に姿を変えて地上に降り立ち、その地にいた人々を導いてシトラス王国を創った。それが初代国王陛下ということになっている。

ずっと眉唾物《まゆつばもの》の話だと思っていたが、私とアンタレスの婚約に呪いを掛けた女神の件もあるし、初代国王陛下のことも案外実話なのかもしれない。

他にも、徳を積んで神になった人間や、妖精や精霊や付喪神《つくもがみ》が存在したりと、聖なる存在がごった煮状態だ。すべてを根絶やしにしなければ、この国の健全強制力は解除されないのだろう。敵は強大だった。

大聖堂ではそれらすべての聖なる存在を祀るために、長い年月をかけて増築を繰り返している。十を超える礼拝堂や五十近い祭壇、上階には貴族だけが入れる部屋も複数あり、一般公開されていない地下には古代迷宮が眠っているそうだ。

主聖堂へ向かう大廊下を一歩進むだけでも、神々を象《かたど》った石像や絵画がゴロゴロしている。天井画を見上げるだけで、あまりの美麗さにうつつを忘れそうになり。柱のレリーフを観察するだけで、その緻密《ちみつ》な仕事ぶりに引き込まれて半日が終わる。神話が描かれた窓のステンドグラスをひとつひとつ眺めているだけで、深い畏敬《いけい》の念を感じて手を合わせたくなる。

敬虔《けいけん》な信者にとって、ここはもはやテーマパークであった。

そんな大聖堂は休日になると人でごった返すのだが、今日は私たちの周りだけ人が少なくて歩きやすい。

呪われた黒騎士様（今日は帯剣はしていないけれど）が恐ろしくて、周囲の人が避けていくからだ。

時計塔の近くでも同じ状況だったが、大聖堂内ではさらに嫌がられているようだ。「恐ろしい」「呪いが移るぞ」などとヒソヒソされている。

プロキオンはやっぱり不憫《ふびん》なキャラだな……。

私はついつい、プロキオンに同情の眼差しを向けてしまう。

けれど本人はまったく動じておらず、いつも通りの無表情だ。

隣を並んで歩くスピカちゃんのほうが複雑な表情をしていた。

「……エジャートン嬢は、周囲の人に抗議したいけれど、抗議すること自体がグレンヴィル様を傷付けてしまうかもしれないって考えているよ」

読心能力で得た情報を、アンタレスがそっと教えてくれた。

「優しいスピカちゃんらしいね」

スピカちゃんはプロキオンが周囲の悪意を気にしないように、はしゃいだ様子で彼に話しかけた。

「あちらをご覧になってくださいプロキオン様！　海の神々のレリーフですよっ」

「ああ、そうだな。実に見事な作品だ」

「こちらは国創りの場面を描いたものみたいですっ」

「幼い頃にこの絵を図録で見たことがあったが、実物はこれほどまでに大きな作品だったのだな」

スピカちゃんの朗《ほが》らかな笑顔に、プロキオンの口元もいつの間にか綻《ほころ》んでいた。さすがはヒロインである。

「お二人とも、こちらの部屋には有名な女神像が飾られていますわ」

私の案内に、二人はもうすっかり周囲のことを忘れ、楽しげな様子でついてくる。友達と一緒にいれば、悪意も遠くなっていくものだ。

ピンクと黄金で飾られたラブリーな部屋に、この世界の創造神の妻となった女神の石像と祭壇が置かれている。

内側から発光するように白く輝く女神像はとても美しく、どこかスピカちゃんに似ていた。

女神は豊穣《ほうじょう》と貞淑《ていしゅく》を司《つかさど》り、女性たちの守護神として長く愛されてきた存在だ。

まさかこの女神が私とアンタレスに呪いを掛けたんじゃないよね？　という疑いの眼差しで、私は女神像を見上げた。

婚約式の時は女神様の声しか聞けなかったから、正体が分からないんだよなぁ……。

「本当に美しい女神様ですねっ。亡き父が若い頃に、この女神像を見に来たことがあると話してくれたことがあるんです。私も王都に来たからには一度見てみたいと思っていました。プロキオン様、ノンノ様、バギンズ様、今日は私をここへ連れてきてくださって、本当にありがとうございます！」

スピカちゃんが幸せそうに言った。

「……私もスピカ嬢のお父上のように、いつか今日の日のことを思い出すのだろうな。とても美しい女神像を、皆で見たことを」

プロキオンが穏やかな眼差しで皆の顔を見ながら、そう言う。

スピカちゃんはえへへ、と笑った。

「私も今日のことは絶対に忘れませんっ！　貴族学園で初めて出来たお友達と遊びに来た日ですも

の！　今日は皆で楽しく過ごしましょう。ねっ、ノンノ様っ」

「ええ。まだまだお二人を案内したいところがたくさんありますから。今日だけでなく、これからも楽しい思い出をいっぱい作りましょうね」

「では、主聖堂に移動しましょうか。僕のおすすめは薔薇窓です」

アンタレスがそう言って先頭に立つ。どこかソワソワした様子だ。耳の後ろが若干《じゃっかん》赤くなっている。

どうやらアンタレスは、プロキオンとスピカちゃんから純粋な友情の念を読み取って、照れているらしい。

読心能力のせいで他人とあまり深い友情を築いてこられなかったアンタレスも、スピカちゃんとプロキオンには構えずに接することが出来るみたいだ。

私もアンタレスの変化が、自分のことのように嬉しかった。


主聖堂では、演奏者がちょうどパイプオルガンを弾いているところだった。

信者たちが木製のベンチに腰掛けて一心に祈っているのを横目に見つつ、我が国最古と言われている薔薇窓を見学し、最後に私たちも祈りを捧げた。

世界が平和でありますように。

あと、寝て起きたらボンキュッボンのナイスバディになっていますよーに。

横からアンタレスの視線が突き刺さってくるが、これは世界平和と同じくらいに難しく、大事な願いなのだ。念入りに祈っておこう。

それから皆で大聖堂の中庭に移動した。

ここは屋上から見下ろすと十字の形になるように水路が作られており、その周囲を美しい庭が囲っている。あちらこちらに石像やアーチが配され、涼やかな雰囲気の場所だ。

そんな中庭の一角に、なぜか人だかりが出来ていた。

「ノンノ様、あちらにはなにがあるのでしょうか？」

「以前来た時には、なにもなかった気がするのですが……」

「では、もしかしたら、新しいものが出来たのかもしれませんねっ。せっかくだから私たちも見学しましょう！」

「そうですわね」

新しい石像でも設置されたのかな？

人だかりに近付くと、その中心に神官がおり、厳《おごそ》かな声でなにかの説明をしていた。

「おととい、新たな聖樹がここに誕生しました。神の奇跡により一晩で大樹となり、白い花を咲かせたのです。この花に触れますと、その人に相応《ふさわ》しい果実が実ります。その実を愛する人と交換して食《しょく》しますと、永遠の愛で結ばれるのです」

おととい生まれたばかりなのに、なぜ永遠の愛を保証してくれるのだろう？　不思議だなぁ。

そうは思いつつも面白そうなので、私たちも挑戦してみることにした。

この世界は乙女ゲームのイベントを自然に起こすために、不思議現象が割と頻繁《ひんぱん》に起きる。たぶんこの聖樹も、そういった不思議現象の一つなのだろう。

こういうことが国の至る場所で起こるので、国民はますます信仰心が篤《あつ》くなってしまうのだ。

さっそくスピカちゃんとプロキオンの順番が来た。というか、周囲の人々がプロキオンの黒いアザに驚いて逃げていった。

「それでは！　私、挑戦してみますね！」

「スピカ様、頑張ってくださいませ」

「バギンズ、触れるのはどの花でも構わないのだろうか？」

「先ほどの神官の説明だと、そのようですね。グレンヴィル様のお好きな花をお選びください」

スピカちゃんは近くで咲いていた花を選び、プロキオンは聖樹の高いところで咲いている花を選んだ。

二人がそれぞれ白い花に触れると、花弁が散って、たちまちピンポン玉くらいの大きさの果実が実り、二人の手のひらにぽとりと落ちた。

スピカちゃんの果実は、白く光り輝いて真珠みたいだ。とても綺麗。

プロキオンの果実は、光の加減で黒にも紫にも見える。こういう黒い実、秋になると山の中でよく見かけるよね。

しかし、プロキオンの果実を見た信者たちが騒ぎ始めた。

「不吉な実だ」

「ああ、なんと気味が悪い」

「呪われた人間が触れて、神の聖樹が穢《けが》されてしまった」

「あの実を食べると、きっと呪われてしまうぞ」

信者たちは非難を滲《にじ》ませた声で、わざわざこちらに届く声量で喋《しゃべ》っている。うるさいですわよ。こういうのって、神官が信者を窘《たしな》めたりしてくれないのかしら。偏見はいけないですよ、とかって。

先ほど聖樹の説明をしていた神官に私は視線を向けたが、しっかりと無視された。

「すごいですね。本当に果実が実りましたね」

アンタレスが周囲の悪意ある声を掻き消すように言う。

なので私も「本当に不思議な力がある木なのですね」と続けた。

「プロキオン様、私、そちらの果実をぜひ食べてみたいですっ。私のものと交換してくださいますか？」

スピカちゃんも周囲の声を気にせず、プロキオンに果実の交換をねだった。

「……いいのか？　そちらのほうが美味しそうに見えるが」

「プロキオン様の果実も、大きな葡萄《ぶどう》みたいで美味しそうですよっ」

「そうか」

二人は白と黒の果実を交換すると、そのままかぶりつく。

周囲の人たちは、黒い果実を口にしたスピカちゃんのことを気味悪そうに見ていたが、スピカちゃんはすぐさま笑みを浮かべた。

「すっっっごく美味しいです、プロキオン様！　チェリーカスタードタルトみたいな味がします！」

スピカちゃんが無邪気に喜ぶと、プロキオンも嬉しそうに瞳を細めた。

「スピカ嬢の実は、レモネードの味がする。美味しかった」

「変な味じゃなくて良かったです」

ほのぼのとした雰囲気が漂う二人に、ずっとこちらを無視していた神官が突然声をあげた。

「皆様、何事も表面だけを見ていては、そのものの本質を見失ってしまいます。心の目を養いましょう。そのために神に祈りましょう」

わぁ～、調子いいんだから～！　もぉ～！

スピカちゃんが黒い果実を食べて安全を証明した途端、そんなことを言うのだから。ずるい大人よ。

けれど信者たちは、神官の言葉に、

「おお、神官様のおっしゃる通りだ」

「我々はなんという失礼なことを言ってしまったのか」

「本当に申し訳ない」

と反省して、プロキオンに謝罪した。

「別に、気にせずとも良い」

プロキオンは本当にどうでも良さそうに、彼らの謝罪を受け入れた。

その様子をスピカちゃんが横からニコニコと見つめている。

「じゃあ次は僕たちの番ですね、ノンノ嬢」

「はい、アンタレス様」

アンタレスと共に聖樹の前に立ち、手に届く場所にある白い花に両手を伸ばす。白い花は林檎《りんご》の花に似ているようだ。

私が触れた途端、花は桃色の果実になり、どんどんどんどん色が濃くなり、紫色の煙をブジュワァァァ〜！　と上げた。

そして最終的にショッキングピンク色のヘドロとなって、私の手のひらにべちゃりと落ちた。

「…………」

「ノンノ……。きみというやつは……」

黙り込む私の横で、黄緑色に輝く果実を持ったアンタレスが、困惑した表情でこちらを見ている。

「ノンノ様、落ち込まないでください！　すごく面白い実（？）だと思いますよっ」

「ジルベスト嬢、どんな呪いを持っているかは聞かないが、心を強く持て。きっといつの日か呪いが解ける日が必ず来ると、信じるんだ」

スピカちゃんの励ましはともかく、なぜかプロキオンに呪い持ち認定されてしまったぞ。

まぁ確かに、『結婚するまではアンタレスとえっちなことが出来ない』呪いは掛けられているんですけれどね。

先ほどまで反省の態度だった信者たちが、再びざわめいた。

「神官様のおっしゃった通りだ！　見た目に騙《だま》されてはいけない！」

「あれは清らかな乙女の振りをした悪魔なのか？」

「恐ろしい、恐ろしい……!!　神の聖樹が穢された……!!」

うるさいので、お口にチャックしてくれませんかね？

神官が強張った顔をして、私に声をかけてきた。

「お嬢さん、すぐに悪魔祓《ばら》いをいたしましょう。あなたの心は穢れている……！」

「結構でーす」


ショッキングピンクのヘドロ状の果実（？）はその後、アンタレスがちゃんと食べてくれた。

謎の紫色の煙まで発生していたのに、すごい。

アンタレス曰《いわ》く「すごく強烈に甘いピーチパイの味がした」とのこと。

私のスケベ心が凝縮された邪念の塊《かたまり》みたいなものを食べるだなんて、もうっ！　アンタレスったら、私のことが本当に大好きなんだからっ！

ちなみにアンタレスからもらった黄緑色の果実は、メロンクリームソーダみたいな味がして美味しかったです。実に爽やかですね。

大聖堂からメインストリートへ移動すると、予約していたレストランへ皆を案内する。

ここのレストランは味も美味しい上に内装が可愛いので、カップルに大人気なのだ。

イチャイチャするカップルを観察しながら食事が摂《と》れるだなんて、最高である。

健全世界で暮らしていると、カップルたちの「あーん」という食べさせ合いっこすら、ものすごくハレンチなものに見えるよ……。

ランチのあとは、メインストリートを見て回る。

新しいお店が増えていたり、人気店が新作を出していたりして、何度訪れても新しい楽しみが見つかる場所だ。

私とスピカちゃんはお揃《そろ》いの髪飾りを買ったり、アンタレスとプロキオンはランチを食べたばかりなのに屋台で売っている肉の串焼きを買い食いしたり、その際にプロキオンがおいそれと見ることの出来ない大金貨で支払いをしようとして皆で慌《あわ》てて止めたりした。銅貨を知らないって、公爵令息様セレブ過ぎる。

あと、スピカちゃんと一緒にアイスも食べた。

季節限定のジャムや紅茶の新作フレーバー、入荷したばかりの商品で気になったものなどもついつい買ってしまう。家族やセレスティが好きそうなものも。

アンタレスはお気に入りのパティスリーでお土産用の焼き菓子をたくさん買っていた。

スピカちゃんは祖父母にと、大聖堂の絵柄入りティーカップも購入した。

「プロキオン様はご家族にお土産を買っていかれないのですか？」

スピカちゃんが小首を傾げて、プロキオンに尋《たず》ねる。

ゲームでは、プロキオンの両親は息子を呪いのない普通の体に生んであげられなかったことに負い目を感じていて、息子と上手《うま》く接することが出来ずにいる、という設定だった。

そしてプロキオンのほうは、貴族の親子とはこんなものだろうと、希薄な関係について深く考えていなかった。そのせいでますます両親と疎遠になっているのだ。

「いや、私は……」

「こちらのサブレーなんてどうですか？　大聖堂の形をしているそうですよ！　サブレーの缶には大聖堂の絵が描かれていて綺麗ですしっ」

大聖堂の絵柄入りティーカップといい、ど直球なお土産品が好みらしいスピカちゃんが、プロキオンに『大聖堂サブレー』なるものをおすすめしている。

スピカちゃんの熱意に押されたプロキオンは、サブレーの缶を一つ手に取ると、「じゃあ、これを買おう」と頷いた。

そのまま二人は購入のために店員のもとへと向かった。

「普段会話の少ない息子からお土産をもらったら、ご両親も嬉しいだろうねぇ」

私はいつもの口調で、隣のアンタレスに声をかける。

アンタレスも「そうだね」と砕けた口調で頷いた。

「ノンノ、荷物を貸して。僕が持つよ」

「いいの？　ありがとう、アンタレス」

「で、ノンノの手はこっち」

アンタレスは手を繋ぐために、左手を差し出してくれた。

いつものように手を重ねようとしたところで、――私の視界に突然、店先にいたイチャイチャ新婚カップルが映った。

「おいおい、ハニー。俺の腕にあんまりしがみつくなって」

「あら、どうして、ダーリン？　離れたら、わたし、とっても寂しいわ」

「だってハニーの胸が当たっちゃってるぞ。俺を誘っているのかい、ハニー？」

「きゃっ♡　ダーリンはえっちなんだからっ♡　わたしぃ、そんなつもりじゃなかったのにぃ～」

「ハニーは胸が大きいから仕方がないのかな」

「もうっ、ダーリンたら～」

私の両目がカッと開いた。

あれ!!　私も!!　やりたいっ!!!

バッとアンタレスのほうを振り向けば、彼はすでに左手どころか左腕ごと背中に隠していた。

「ねぇ〜、アンタレス〜。私も腕組みしたい〜。おっぱいにボリュームはないけれど、押し付ければそこそこ柔らかいと思うんだ〜」

「駄目」

「私のこと愛してるんでしょ？　愛《いと》しの婚約者の夢の一つや二つ、叶《かな》える手伝いをしてよ」

「ノンノ、世間ではそれを夢とは呼ばないんだ。煩悩《ぼんのう》と呼ぶんだよ」

「やだ〜やだ〜、私もアンタレスの腕にしがみつきたい〜！　憧《あこが》れの『当ててんのよ』って台詞《せりふ》、言ってみたい〜！　それで照れる可愛いアンタレスを堪能《たんのう》したい〜！」

「自分からキスをするのも恥ずかしがるくせに、どうしてそんな大胆なことが自分に出来ると思ってるの？　その自信は一体どこからくるわけ？」

「それはそれ、これはこれ！　だいたいアンタレスだって、本当は私のおっぱいを触りたいと思ってるくせに！　婚約した途端、私のおっぱいにチューしようとしたことは一生忘れないぞ！」

「いいから諦《あきら》めて」

私は必死にお願いしたが、アンタレスは決して首を縦には振らなかった。

アンタレスのあまりの拒絶っぷりに、だんだん悲しくなってくる。

スケベな私だが、人の嫌がることを強要するようなドSではない。

幼女という特権を失ってからはセレスティの腰に抱きつかなくなったように、他人とのパーソナルスペースはきちんと守っているつもりだ。

婚約者という関係になったアンタレスにも、触る時は出来るだけ許可を取っているつもりだし。

腕を組むついでに、おっぱいをちょこっと押し付けるくらいいいじゃないか、と私はついつい軽く考えてしまうのだけれど。

アンタレスが嫌がるならセクハラなのだろう。婚約しているとはいえ、セクハラはいけない。

反省すると共に、自分のスケベさが今だけは嫌になる。

ああ、おっぱいなんか嫌いになってしまいたい。

えっちなことに無関心な、清純ノンノちゃんになりたい。

思った瞬間に『どう考えても無理だな』って結論が浮かぶけれど。

「……嫌というか、困るんだよ」

アンタレスがぽつりと言う。

鍛え抜かれた地獄耳で、私は顔を上げた。

「ノンノは無邪気に破廉恥《はれんち》なことを要求してくるけれど、最終的に被害を受けるのはきみだから。ノンノは自分の首を絞めていることが分かっていないんだ」

アンタレスの言いたいことがよく分からない。

だが、スケベなことを体験もせずに死んだ前世よりも怖いことなんか、私にはない！　……はずだ！

自分の首を絞める程度でスケベなことが出来るのなら、めちゃめちゃやりたいです！

私が期待を込めてアンタレスを見上げると、彼は深々と溜め息を吐いた。

「はぁ……。分かったよ」

「えっ!?　それって、僕の腕におっぱいを押し付けてもいいよって意味の『分かった』でしょうか、アンタレス君!?」

「言葉だけでノンノを納得させるのは無理だということを理解した、という意味の『分かった』だよ」

アンタレスはにっこりと笑みを浮かべた。

キラキラと輝くエメラルド色の瞳がまるで本物の宝石のようで、なんだか吸い込まれてしまいそう。

やーん♡　私のフィアンセが王子様みたいで格好良いー！

「ねぇ、ノンノ」

一瞬アンタレスの笑顔に見惚れたが、私を呼ぶ声が苛立《いらだ》っていた。

よく見たら、こめかみの辺りの血管もピクピクと動いている。

お怒りモードのアンタレス君だった。

アンタレスは私の体をぐいっと抱き寄せた。

うひゃあ！　私の頰にアンタレスの胸元が当たっている！　背中に回された手が温かい！　シャ

ツからすごくいい匂いがするっ！

「ア、アンタレスゥゥ……ッ!?」

彼に抱き寄せられただけで、心臓が痛いほどときめいてしまう。顔が熱い。

「ほら、ノンノだって僕に胸元を押し付けられたら、こんなにドキドキするでしょ」

少し屈《かが》んだアンタレスが、私に顔を近付けてくる。

そのまま耳元で喋られると、アンタレスの湿った吐息《といき》が耳や首筋に当たり、背中がゾクッと震えてしまった。

「僕だってノンノに胸元を押し付けられたらドキドキしてしまって、抑えがきかなくなるかもしれない。そうしたらノンノはどうするの？」

仮定の話に『どうするの？』と尋ねられても、私はいっぱいいっぱいの状況で答えられなかった。

「大好きだよ、ノンノ」

「ひぃっ！」

「すごく可愛い」

「ひょええ！」

「ねぇ、キスがしたい」

「はううぅっ!!」

どうやらこれは、スケベな私に対する新たなお仕置きらしい。

耳元で艶《つや》っぽい声で誘惑してくるなんて酷いよぉ……！　とんでもなく破廉恥だよぉ……！

「アンタレスにおっぱいを押し付けたいなんて我儘《わがまま》なことを言って、ごめんなさい！」

えっち過ぎるお仕置きに耐えられなくなった私は、すぐさま降参を申し出た。

すると、頭上からくすくすと、アンタレスの笑い声が降ってくる。

チラリとアンタレスを見上げたら、めちゃめちゃ愛おしげな眼差しで私を見つめていた。

恥ずかしくて、身の置き所がない気持ちになってしまう。

もう私にどうしろって言うんだアンタレス!!　土下座すればいいんですか!?　しますけれど!?

「もうっ！　いい加減離れてください、アンタレス君!!」

少しでもアンタレスとの間に隙間《すきま》を作ろうと、私は精一杯彼の胸元を押してみた。

だが、ビクともしない。

アンタレスの手はもはやしっかりと私の腰に回されていた。

「……ごめん、ノンノ。一度きみに触れてしまうと、やっぱり離れがたくなってしまって、物足りない……」

「ひえぇぇぇ!?　行きの馬車の中でいっぱいチュッチュされましたが!?　私たちのめくるめく熱愛時間をもうお忘れで!?」

「あんなの少しじゃないか。……だからさっき、被害を受けるのはきみのほうだって僕は忠告したんだよ」

「開き直りじゃないですかね、アンタレス君や⁉」

ただちょっと『当ててんのよ』がしたかっただけなのに、なんで私はこれほど恥ずかしい目に遭《あ》っているのだろう⁇

「ノンノのせいでしょ」

「三分の一くらいは、アンタレスのムッツリが原因だと思う！」

スピカちゃんとプロキオンのお会計が終わるまで、私は半泣きでアンタレスに抱き寄せられる結果となった。

▽

今はアンタレスから逃げたい気分なので、スピカちゃんと一緒に通りを歩く。

それにしても、『男は狼』という言葉は先人からの偉大なアドバイスだわ。私のスケベ妄想を軽々と飛び越えてくるもん、アンタレスのやつ。

当のムッツリアンタレスはプロキオンと一緒に後ろからついてきた。

メインストリートからだんだん離れていくと、観光客よりも地元の住民が多くなってくる。

買い物籠《かご》を持つご婦人や、新聞売りの少年、軒先で作業をする職人などがいて、馬車や荷車の数も増えてきた。

「ノンノ様、手を繋ぎませんか？」

「はい。もちろん構いませんわ」

スピカちゃんに声を掛けられて、私はいつもの困り笑顔で頷く。

観光客向けの場所とは違って、庶民の生活のせわしなさが伝わってくる場所だから心配してくれたのかもしれない。普通のご令嬢には馴染みのない雰囲気だから。

アンタレスの手と違って、女の子の手は小さくて柔らかい。

エジャートン男爵家で暮らす前の生活の名残《なごり》か、お料理が趣味だからか、スピカちゃんの指先は少しだけ乾燥していた。

「ノンノ様の指には大きなペンだこがあるのですね。お勉強を頑張っていらっしゃるのですね。とっても尊敬します！」

「おほほほほ」

そいつは夜な夜な書いている、ラッキースケベ満載の小説のせいですね。

普段は王立貴族学園に通う儚げ美少女令嬢の私だが、その真の正体は『ピーチパイ・ボインスキー』というペンネームで活躍する覆面作家なのである。ふははは！

「もうこの辺りは庶民の住宅街に近いみたいですね」

「お店の数も減ってきましたし、来た道を戻りましょうか」

アンタレスとプロキオンが刃物店の軒先でやっている包丁研ぎを眺めている間に、私とスピカちやんは、メインストリートに戻ってハンドクリームを扱うお店に行ってみようか、と話し合う。

すると突然、スピカちゃんの横に馬車が止まった。

刃物店に用事のある人だろうか？

だが、馬車から降りてきたのは、ゴロツキみたいな気配の男性たちだった。

あれ？　どこかで見たことがあるような人たちだなぁ。

彼らは刃物店ではなく、私たちのほうに向かって走り出した。

……うん？　なんだか嫌な予感？

「ノンノっ!!　その人たちは大聖堂へ行く前に会った連中だよ!!　エジャートン嬢と一緒に、こっちへ逃げて!!」

アンタレスが焦《あせ》った表情で叫ぶ。

言われてみれば確かに、彼らはスピカちゃんに難癖《なんくせ》付けようとして一目惚《ひとめぼ》れしていた青年の連れだった。

私はとっさにスピカちゃんの腕にしがみついた（今回はおっぱいを押し付けたかったわけではありません！　断じて私は無罪です！）。

「スピカ様、逃げましょう!!」

「は、はいっ!!」

そのままスピカちゃんを連れて、アンタレスたちの方向へ走る。

プロキオンが包丁を研いでいるおじさんに、武器になりそうなものを売ってもらおうとしているのが見えた。

馬車の窓から、ハンカチを握り締めた青年が顔を出し、男性たちに向かって指示を飛ばす。

「お前たち、ぼくちんの天使を捕まえろ！　彼女はぼくちんの運命の人なんだ！　一目見た瞬間から、ぼくちんには分かったんだ！　だから彼女を攫《さら》って、ぼくちんのお嫁さんにするんだ！　マイスウィートエンジェルを捕まえろぉぉぉぉ‼」

「若の言う通りに、ピンクブロンドの女の子を捕まえろ！」

「大変です、アニキ！　もう一人の女の子が、若の天使にしがみついて離れません！」

「じゃあ、両方捕まえちまえっ！」

「了解です！」

なんて傍《はた》迷惑な一目惚れなんだ。

結局、男性の足の速さと腕力には勝てず、私とスピカちゃんはアンタレスたちの目の前であっさりと誘拐されてしまった。

▽

スピカちゃんと一緒に誘拐された私は現在、手首を後ろ手に縛られたまま、馬車の隅っこで一人ほったらかしにされていた。

どうせ縛られるのなら、アンタレスにえっちなお仕置きをされる展開のほうが胸がキュンキュンするというのに。初緊縛《きんばく》がこれとは、人生とは無情である。

スピカちゃんはというと、特に拘束されることもなく、ふくよかな青年の隣に座らされていた。

「ああ、美しきピンク色の髪の天使よ。ぼくちんのお嫁さんになってください！」

「えっ、あのっ、困ります！　そんなことよりも、ノンノ様の拘束を解いてください！」

私の人生もスケベじゃなくて大変だが、ヒロインの人生もいろいろと大変ね……。

「若は大商家の跡取りなんで、結婚すればなんでも買ってもらえますよ！」

「毎日ご馳走が食べられますよ！」

「貴族のお嬢様みたいに綺麗なドレスだって買ってもらえますぜ！」

部下たちも青年をお薦《すす》めしてくるが、大商家の跡取りはアピールポイントとしては弱いですよ。

今日は街歩きのためにシンプルなワンピース姿だから気付かないのかもしれないが、スピカちゃんは男爵令嬢ですから。

スピカちゃんは毅然《きぜん》とした態度で、首を横に振る。

「私のことを好きになってくださったのは嬉しいです。でも、好意を免罪符に人を誘拐する殿方を、私は好きになったりはしません」

「そんなぁ……！　ぼくちん、お金持ちだから、あなたに良い暮らしをさせてあげられるのに……」

そんなやり取りを眺めながら、私は『レモキス』のゲーム内容を思い返していた。

攻略対象者とのデート中に、スピカちゃんが一目惚れしてきた大商家の息子に誘拐されるというイベントがある。だからこそ、攻略対象者たちの目の前で、あんなお粗末な誘拐を成功させられたのだろう。

けれど本来なら、こんな序盤に起こるイベントではない。攻略対象者の好感度が高まったゲーム後半で起こるはずなのだ。

なんで今日、起こってしまったのだろう？

今日は街案内イベントではなかったのだろうか？

プロキオンのスピカちゃんに対する好感度が、序盤なのに爆上げしてしまったとか？

私はもう一度、プロキオンルートを思い返す。

呪いのせいで孤独だったプロキオンがスピカちゃんと出会い、彼女の導きによって、だんだんいろんな人と関わりを持つことが出来るようになり――……。

……ああ、うん。そういえば本来ならまだ、プロキオンはスピカちゃんとしか交流がない状況のはずだった。なのに現状、私とアンタレスとも交流があるわ。

つまり、プロキオンが私とアンタレスのことも友達認定してくれたというわけなのである。

それでスピカちゃんへの好感度が爆上げされて、誘拐イベントが発生しちゃったらしい。

ふへへっ、友達認定は嬉しいな！　誘拐に巻き込まれた上に犯人たちから無視されているこの虚《むな》しさは、プロキオンの友情に免じて水に流してあげよう。

それにどうせ、アンタレスが私を助けに来てくれる。

どこに行ったって、私の残留思念を追いかけて、見つけ出してくれる。

――ほら。

窓の外に、騎乗したアンタレスの姿が見えてきた。

アンタレスがこちらを指差してなにかを叫ぶと、彼の後ろから黒馬に乗った黒騎士が現れ、スピードを上げて馬車に近づいてくる。

黒騎士はそのまま馬車を追い抜き――次の瞬間、大きな衝撃が馬車に伝わった。誘拐犯たちが大きな悲鳴を上げる。

ガクンと馬車が揺れたが、狭い馬車の中を素早く移動したスピカちゃんが、拘束されて受け身が取れない私を守ってくれた。

馬車は横転することなく止まった。

私とスピカちゃんは無事だったが、誘拐犯たちは全員頭でも打ったのか、その場に気絶していた。

「大丈夫ですか、ノンノ様!?　どこか痛いところは……!?」

スピカちゃんが心配そうに蒼い瞳を揺らす。

私は急いで答えた。

「大丈夫です！　スピカ様が庇《かば》ってくださったおかげで無事ですわ！　スピカ様こそ怪我をなされ

てはいませんか？」

「私も大丈夫です！　でも、今の衝撃はなんだったのでしょうね？」

「外できっと……」

私が答える前に、馬車の扉が外側から開け放たれる。

そして想像通りの人物の声が聞こえてきた。

「スピカ嬢！」

「プロキオン様……っ！」

土煙の向こうからプロキオンが現れた。さすがは攻略対象者、最高のタイミングである。

プロキオンは馬車の中を覗《のぞ》き込むと、スピカちゃんに手を差し出した。スピカちゃんは私を片腕で抱き締めたまま、プロキオンの手を取って馬車から脱出した。

「無事で良かった……」

「私たちを助けに来てくださったのですね、プロキオン様」

「当たり前だ」

「あっ、ありがとうございます……っ」

スピカちゃんとプロキオンは熱い眼差しで見つめ合う。まるで、二人だけの世界に入ってしまったみたいに。

もう抱き締めてチューしちゃいなよ。

二人はお付き合いも婚約もしていないから、健全強制力でイチャイチャ出来ないのかもしれないが、プラトニック過ぎて、見ているこちらのほうがもどかしい気持ちになってしまう。

でも、婚約前のアンタレスは私に恋人繋ぎとか、結構えっちなことをしてきたぞ？

ということは、スピカちゃんたちももっとイチャイチャ出来るのでは？

頑張れプロキオン！　もっと自分に正直に、スケベになるんだ！

「ノンノ!!　大丈夫!?　怪我はない!?　なにもされていないよね!?」

プロキオンを応援していると、アンタレスがやってきた。

馬から降りたアンタレスは、そのままの勢いで私を強く抱き締めてくれた。

「なにも怖いことは……なかったみたいだね。ああ、良かった……！」

「心配かけてごめんね、アンタレス。でも超健全世界だから拘束だけで済んだよ」

「今ほどくよ。痕《あと》になってないといいんだけれど」

手首の縛《いまし》めを解いてもらうと、ちょっと擦《す》れて皮膚が赤くなっていた。

アンタレスが眉を顰《ひそ》める。

「この近くに病院か薬屋があればいいんだけれど」

「擦り傷くらい、大したことないって。あっ。アンタレスがキスしてくれたら治るかも？」

「そんなことで治るわけがないでしょ」

アンタレスは『まったく……』というように溜め息を吐いたが、私の手首の傷から少し離れたところに優しく口付けを落とした。

きゃー♡　アンタレスがキスしてくれたっ♡

「ノンノが気にしなくても僕が気にするから。あとでちゃんと手当てしようね」

「うんっ！」

しばらくすると、馬車の中で伸びていた誘拐犯たちが出てきた。

「一体なにが起きたんだ!?　ぼくちんの運命の人はどこに行ってしまったんだ!?」

「大丈夫ですか、若っ!?　うわっ、スズメバチの巣くらいデカイたんこぶが出来てますよ!!」

「馬車が完全に壊れてやがるぜ！」

「馬や御者《ぎょしゃ》は無事なのか!?」

改めて馬車を見てみると、キャビン部分と御者席がきれいに切断されていた。

ずいぶん遠いところに、切り離された御者席にどうにか立っている御者と、それを引きずっている数頭の馬の姿が見えた。なんだか犬ぞりを連想させる光景である。

動物好きのプロキオンのことだから、きっと馬を傷付けないように馬車を止めようとして、ああいった結果になったのだろう。

プロキオン当人はスピカちゃんを背後に隠し、刃物店で手に入れたらしい肉切り包丁を誘拐犯たちに突き付けている。

「婦女誘拐犯たちよ、大人しくしろ。騎士団のもとへと連行する」

「そんな包丁一本でぼくちんの部下を倒せると思っているのか、馬鹿めっ！　お前たち、やっちまえ！　ぼくちんの運命の人を取り戻すんだ！」

青年の指示に部下たちが剣を構え、前に出る。

「了解です、若！」

「ええ!?　あの男の顔半分、真っ黒くて怖いんですけれど！　触ったら呪われそうで、俺、嫌だなぁ……」

「うるさい、阿呆！　若の言う通りにしろっ」

「へーい」

彼らはそのままプロキオンに挑んだ。

プロキオンは肉切り包丁一本で彼らの剣をバキンボキンと折り、圧勝した。そして太った青年も含め、誘拐犯たちはあっさりと捕まった。

確かゲームでは、スピカちゃんは大商家の屋敷に連れ込まれて監禁されるのだけれど。

アンタレスが読心能力でサクッと移動中の馬車を突き止め、攻略対象者の中で剣術最強のプロキオンが制圧したので、短時間で解決してしまった。

「すごかったね、アンタレス。肉切り包丁って、馬車も切断出来るんだねぇ」

「あれはグレンヴィル様の剣術があってこそだから。だから小説のネタにしようと思わないで」

「面白いネタだと思うんだけれどなぁ」

アンタレスとお喋りしていると、スピカちゃんたちがこちらにやってきた。

「ノンノ様、バギンズ様、本日は街案内していただき、ありがとうございましたっ！　本当に楽しかったです！」

「私も、四人で遊べてとても嬉しかった。誘ってくれてありがとう、バギンズ、ジルベスト嬢」

最後はちょっぴり誘拐されてしまったけれど、二人とも満足そうで良かった。

「また皆で遊びましょうね、スピカ様、グレンヴィル様」

「僕もお二人と今まで以上に仲良くなれて良かったです。本日はありがとうございました」

スピカちゃんはプロキオンの馬車で男爵家まで送ってもらうらしい。そのついでに、誘拐犯たちを騎士団へ連行するそうだ。

主犯のあの太った青年には、スピカちゃんとプロキオンの純愛シーンを見せつけられなければいけないことが、なによりの罰だろうなぁ。

私とアンタレスはスピカちゃんとプロキオンに手を振り、グレンヴィル公爵家の馬車が去っていくのを見送った。


さて、私は帰りもバギンズ伯爵家の馬車で送ってもらう。

途中の薬屋で買った傷薬をアンタレスに塗ってもらうと、なんとなく手持ち無沙汰《ぶさた》になった。

アンタレスに言いたいことというか、してあげたいことを、どう切り出せばいいのか……。

いや、アンタレスは私の思考などリアルタイムで把握済みなんですけれども。すでに余裕綽々《しゃくしゃく》な表情を浮かべて、私の出方を窺《うかが》っていらっしゃるんですけれども。

それでも考えていることを声に出して伝えるのは大事だと思うので、口を開く。

「あのね、アンタレス」

「うん」

「今日もいろいろ助けてもらったし……、そのぉ、……お礼に私からキスするね？」

「ノンノが考え始めてから、とても楽しみに待っていたよ」

アンタレスはすごく嬉しそうに笑う。

「いつでもどうぞ、ノンノ」

私はアンタレスの頰に触れ、ゆっくりと顔を近付ける。

アンタレスの緑色の瞳がキラッキラと輝いて、私の一挙手一投足を観察していて、あの、めちゃめちゃ恥ずかしいんですけれど？

ただでさえ自分からキスするのも恥ずかしいのに、見られながらキスするのはさらにきついんですけれど？

「あの、私の心の声をガン無視していらっしゃいますけれど、目を瞑《つぶ》っていただいてもよろしくて？」

「緊張しているノンノが可愛かったのに。仕方がない。分かったよ」

「ご協力に感謝しまーす」

アンタレスに目を瞑ってもらったが、『そんな無防備な表情も格好良くて好き♡』ってなっちゃって、結局ドキドキした。

「ええいっ、もう、埒《らち》が明かない！　私も目を瞑る！　そうすれば少しは恥ずかしくないはずだ！」

「え、ちょっ、ノンノ、それ絶対に失敗するやつ……」

「アンタレス様、お覚悟召されよっ！」

時代劇の刺客《しかく》みたいな台詞を吐きながら、私は目を瞑って『ここだ！』と思う場所に向かってキスをする。

ふにゅっと唇が当たったので、うっすらと目を開けて確認すれば、惜しくもアンタレスの唇の端だった。

「まったくもう、ノンノは……」

アンタレスは呆れたように笑うと、彼は顔を少しずらして、私の唇にちょんと口付ける。

「次はちゃんと成功させてよね」

「はーい」

今日は誘拐に巻き込まれたり、神官に悪魔祓いされそうになったり、いろいろあったけれど。

皆で遊ぶのは楽しかったな。

またWデート出来たらいいなぁ、と私は思った。

幕間

グレンヴィル公爵、空き缶は家宝にした

Interlude

グレンヴィル公爵家《こうしやくけ》の一人息子が帰宅すると、由緒《ゆいしよ》ある屋敷の中が一気に慌《あわ》ただしくなる。

廊下を駆け抜けていく四足歩行動物の足音や、鳥類が羽ばたく音。わぅんわぅん、にゃぁんにゃあん、という鳴き声。

それらはすべて、プロキオンのペットが発する音であった。

「……プロキオンが帰ってきたのか」

廊下の様子を確かめるべく執務室から顔を出したセブルス・グレンヴィル公爵は、独りごちた。

すでに足の速いペットの姿はないが、カルガモの親子が列を作り、オレンジ色の水かきがある足でペタンペタンと歩いていく。

この親子たちも、プロキオンの帰宅を喜んで、玄関ホールまで出迎えに行くのだろう。

（……実に、羨《うらや》ましい）

グレンヴィル公爵は一人息子であるプロキオンのことを深く愛している。自慢の息子だと思っている。それは妻であるエイダ夫人も同じだ。

しかし、公爵夫妻はプロキオンに対して深い負い目を感じていた。

それはもちろん、プロキオンの顔半分にも及ぶ黒いアザと、呪いに対してである。

(私たちは可愛い息子を、呪いのない健康な体に生んでやることが出来なかった。本来なら、あの子はグレンヴィル公爵家の嫡男《ちゃくなん》として、多くの人から愛され、敬《うやま》われ、友人や恋人を作って幸せになれるはずだったのに。私たちがその幸福な人生を奪ってしまったのだ)

エイダ夫人はプロキオンへの罪悪感で苦しみ、次の子供を作ってもまた呪いが掛かってしまうかもしれないと気に病《や》んで、公爵に離縁を申し出たこともあった。

だが、公爵には彼女なしの人生など考えられなかった。離縁して次の妻を娶《めと》り、新たな跡継ぎが生まれれば、プロキオンを療養と称して領地で静かに暮らさせてあげられると分かっていたのに。

息子が周囲の人々から忌避《きひ》される未来を予感しながらも、嫡男として育てたのは、公爵のエゴであった。

(プロキオンは昔から、泣きもしなければ笑いもしない。私たちのことをどう思っているのかも、口にはしない。けれどきっと、こんな私たちをさぞや恨んでいるだろう。障《さわ》りのない体に生んでやることも出来なければ、逃げ場も用意してやることの出来ない、不甲斐ない親だからな……)

公爵夫妻は国内外問わず呪いを解く方法を探したが、なんの手掛かりも摑むことが出来なかった。

ならばせめて、プロキオンがやりたいこと、欲しいものはなんでも与えてあげよう。

そう思って公爵がプロキオンに欲しいものを尋《たず》ねれば、彼は毎回ペットを所望《しょもう》した。

訓練場に紛《まぎ》れ込んだ犬や、遠征先で拾った猫、川で溺《おぼ》れていたウサギから、怪我をしたカルガモまで、その種類と数は増える一方だ。公爵家の敷地が広いからなんとかなっているが、王都の動物園並みである。

中には野生に還《かえ》った動物たちもいたが、なにかの折に触れてプロキオンに会いに来る。助けられた動物たちは皆、彼のことが大好きなのだ。

そしてプロキオンのほうでも、呪いのことなど気にせず温《ぬく》もりを与えてくれる動物たちのことを、心から慈《いつく》しんでいた。

(羨ましい。非常に羨ましい。私も動物たちのように、あの子の帰宅に駆けつけて「おかえり、プロキオン!」と言って、抱き締めてやりたい……!)

公爵は拳を握り締めて切望する。

しかし、最初の一歩がどうしても踏み出せない。

もしも可愛い息子に、いつもの無表情で「父上、気持ち悪いのでやめてください」などと言われてしまったら、一生立ち直れそうにないからだ。

結局、公爵は屋敷内で騒ぐ動物たちの声を聞きながら、執務室の前で立ち尽くしていた。

(きっと今頃、妻のエイダも、屋敷のどこかでプロキオンの帰宅に耳をそばだてているのだろうな。ああ、カルガモの姿になって、あの子の顔が見たい……)

せめて息子が自室に入るまで聞き耳を立てていよう。

ストーカーじみたようなことを考えながら、公爵が執務室の前に立っていると。

ワォンワォンッ、にゃぅにゃぅ、ホォーホォー、とペットたちのコーラスがこちらに近付いてくる。

（一体何事だ？　動物たちはいつもあの子にべったりで、私の執務室のほうになど普段は来ないのだが？）

公爵が廊下の奥を見つめていると――なんと、可愛い息子が現れた。

プロキオンの肩にはフクロウが留《と》まり、足元には何匹もの猫や犬が体を擦《す》り付けようとするのを、踏まないように注意しながら歩いていた。

（ペットに囲まれたうちの息子、最高に可愛い。絵師よ、今すぐここに来い！）

息子の尊《とうと》さを目に焼き付けている公爵の前に、プロキオンが立ち止まる。

「父上、ただいま帰宅いたしました」

プロキオンが帰宅の挨拶《あいさつ》のためにわざわざ執務室を訪れるなど、初めてのことだった。

公爵は一瞬、自分は目を開けたまま白昼夢でも見ているのだろうか？　と思った。

「こちら、お土産《みやげ》です。母上と一緒にお召し上がりください」

呆けたままの公爵の手に、プロキオンは大聖堂が描かれた缶をそっと乗せた。

「では、失礼いたします」

用事は終わったとばかりに、プロキオンはそのままクールな表情で立ち去ろうとする。

公爵は慌てて息子に声をかけた。

「ぷ、ロキオンっ」

「はい。なんでしょうか、父上」

「ゴホンッ。……だ、大聖堂に出掛けていたのか？」

せっかく息子が久しぶりに話しかけてくれたのだ。しかもお土産までくれて。

ここで会話を繋げずしてどうするというのだ、と公爵は自分を奮《ふる》い立たせ、息子に向き合った。

「はい。友達と四人で出掛けて参りました」

ともだち。

それも、四人で出掛けたということは、プロキオンを除けば三人の友達がいるということになる。

(私の息子に!!　三人ものお友達が!!　今日はプロキオンの友達記念日だ!!!)

今夜は料理長にご馳走《ちそう》を用意させよう、と心に決める。

そんなふうに内心では狂喜乱舞していたが、公爵の表情はいつも通り、冷静さと威厳に満ちたものだった。

「……楽しかったか？」

「はい」

「その、お友達というのは、どんな子たちだ……？　いや、なに、プロキオンは公爵家の嫡男だからな。友人付き合いをする相手のことも、親がきちんと把握しておかなければなるまいと……」

プロキオンは父の言葉に少し考えるように黙り込み、口を開く。

「……一人は、とても優しい女性です。いつも私に明るい笑顔を向けてくれるので、一緒にいると春の日向《ひなた》の中にいるような気持ちになります」

公爵の言い方が非常にまずかったために、プロキオンは警戒した。友達の名前を正直に伝えて素行調査をされ、友達付き合いに制約を受けることを恐れたのだ。

三人ともプロキオンの自慢の友達だが、初めての友達付き合いに両親がなんと言ってくるのか読めなかったのだ。

自身の失言に気付いた公爵は、内心で頭を抱《かか》える。

(息子との久しぶりの会話にテンパって『友人を把握』だなんて言うからだぞ、私ぃ！)

親の心子知らずというわけで、プロキオンは淡々と説明する。

「もう一人は、礼儀正しく穏やかな青年です。彼との会話は非常に落ち着きます」

「そ、そうか。それで最後の一人は……」

「……見た目からは分かりませんが、呪われているようです。大聖堂の聖樹に影響を与えるほどの、強力な呪いのようでした」

「なんと……！　呪い持ちの者がお前の他にもいるとは……！」

公爵が唖然として口を開ければ、プロキオンは紫色の澄んだ瞳で言う。

「その人は普段、呪われていることなど、おくびにも出しておりませんでした。実に強い精神力です。私もその人を見習って、強い心で生きていきたいと思います」

「プロキオン……」

毅然《きぜん》とした息子の態度に、公爵は深く感動する。

（この子は、私たち親が罪悪感にうなだれていた間も、その心と体をどんどん鍛え、成長し、自分の世界を広げているのだ。――子供の成長とは、こんなにも早いものなのだなぁ）

公爵は無意識に、手の中にあった缶を優しく抱き締めた。

その様子を見たプロキオンが、目を柔らかく細める。

「そちらのお土産はお早めに召し上がってくださ い。では、私はこれで失礼いたします」

「ああ。大事にいただこう」

プロキオンの大きな背中がペットたちの群れと共に遠ざかっていくのを、公爵はじっと見送る。

（……エイダを呼んで、お茶にするか）

息子からもらった『大聖堂サブレー』を食べながら、妻と共に彼の成長を祝いたい。

グレンヴィル公爵は静かにそう思った。


その後、『大聖堂サブレー』の空き缶がグレンヴィル公爵家の家宝になったり、サブレーを製造しているパティスリーへ、公爵家が支援を申し出たりすることになるとは、この時のプロキオンは露《つゆ》ほどにも想像していなかった。

幕間　未来の薬草学王、失恋する

Interlude

「ノンノ様とバギンズ様がついにご婚約されたそうよ。卒業と同時にご結婚されるのだとか。とてもお目出度《めでた》いお話ですわ」

「まぁ、在学中にご婚約だなんて、お熱いことね。あのお二人は幼馴染《おさななじみ》でいらっしゃるから、ずっと初恋を育《はぐく》んでいらっしゃったのかもしれませんわ。とっても素敵だわ」

二人組の女子生徒がそんな話題を口にしながら、渡り廊下を歩いて行く。

夏期休暇が終わり、薬草畑の世話をしに行くために研究棟《とう》への近道を通っていた一人の男子生徒は、噂話をしていた令嬢たちの後ろ姿を呆然と見送った。

令嬢たちを追いかけて、その噂を詳しく尋《たず》ねる勇気すら、彼の胸には湧き上がらなかった。

青年の名はサム。王都からずいぶん離れた地域に小さな領地がある男爵家《だんしゃくけ》の末息子である。

サムの胸にはぽっかりと穴が開き、その空白のせいで自《みず》らの体を支えていることすらつらかった。

なぜならサムはたった今、初めて恋した相手が、永遠に手の届かない人になってしまったからだ。

（ノンノ・ジルベスト子爵《ししゃく》令嬢——……私の清らかな天使。あぁ、私の美しい初恋の女性が、こんなにも早く誰かのものになってしまうだなんて、想像もしていなかった。バギンズ伯爵《はくしゃく》令息様より先にあなたに想いを告げていたら、あなたの婚約者になれたのは私だっただろうか……)

サムの胸に、そんな救いようのない後悔が込み上げてくる。

だが、例えこの悲しい未来を先に知っていたとしても、サムはきっとジルベスト嬢に告白をする勇気など持てなかっただろう。

サムはしがない男爵家の五男で、天然パーマのボサボサの髪は鳥の巣のようだし、分厚い眼鏡をかけた顔はあまりに冴《さ》えない。

勉強のほうも、薬草学ばかりに夢中になっていたため、他の教科の成績はあまり良くない。

一方、ジルベスト嬢の婚約者は、かの有名なバギンズ伯爵家の嫡男《ちゃくなん》で、美しい容姿を持ち、成績もいつも上位に入っている。サムが彼に勝てる点など一つもなかった。

しかも、バギンズ令息とジルベスト嬢は幼馴染だという。二人の絆《きずな》の強さは想像に難《かた》くない。

(私が彼女に選ばれる理由など、一つもないのだ……)

失恋のせいで自己肯定感さえ失いつつあるサムの脳裏に、初めて出会った日の彼女の言葉が突然蘇《よみがえ》ってくる。

『申し訳ありません、もしかして薬草に詳しい御方でしょうか?』

そう言って、サムの天使が初めて儚《はかな》げに微笑みかけてくれたのだ。

(ああ、そうだ。私にかけがえのない初恋と、そして自己肯定感を与えてくださったのは、あなた

だった)

サムはジルベスト嬢と出会った日のことを思い返した。

▽

去年の春の終わりのことだった。

王立貴族学園にまだうまく溶け込めずにいたサムは、研究棟の近くにある広々とした薬草畑を見つけて感動していた。

サムは植物を育てるのが好きだった。

彼の生まれた家は男爵家とは名ばかりで、領民と共に汗水を流して農作業に従事していた。派手好きの次兄はそんな我が家を嫌ってさっさと家を出ていったが、残りの家族はその生活になんの不満も持っていなかった。

麦やジャガイモやトウモロコシなど、農作物の栽培も楽しかったが、サムが特に好きだったのは薬草作りだった。

田舎《いなか》にはあまり医者がいない。その代わり民間療法として、薬草で作った虫刺されの薬や、喉《のど》の腫《は》れに効くシロップなどが重宝されていた。

領地のはしっこに薬作りの名人として知られているオババ様が住んでいて、サムはよくオババ様を訪ねては、薬作りを教わった。

「坊ちゃまが王立貴族学園へ入学されれば、さらに多くのことを学べるでしょう。オババは平民だったので学園で学ぶことは出来ませんでしたが、研究棟で薬草学を研究することが若い頃の夢でしたよ」

「では、私がオババ様の夢を叶《かな》えますよ。学園を卒業して研究棟に入り、薬草学をたくさん研究します。そして薬草学の新しい知識をオババ様にお教えしますね！」

「それはそれは、楽しみですねぇ。あんまりに楽しみで、あと百年は長生きして待っていられそうですわ」

「約束ですよ、オババ様！」

そうして入学した貴族学園のあまりのハイソサエティーぶりにサムは尻込みをしてしまい、薬草学に集中することが出来ずにいた。

しょせんサムは田舎貴族の五男だ。きらびやかな社交界を渡っていく令息令嬢たちとは、住む世界が違うのである。

友人が一人も作れずとも、薬草学が学べるならばそれでいいじゃないかと、サムは自分に言い聞かせるのだが、だんだん自分のすべてに自信を失ってきてしまった。

そんな矢先に学園の薬草畑を発見し、サムの心は束《つか》の間《ま》、癒《い》やされたのである。

「わぁ……！　すごいな、この薬草は育てるのが難しいはずなのに、こんなに立派に育っている。

こっちの薬草なんて、男爵領では一度も見たことがないな……」

オババ様がこの薬草畑を見れば、寿命が千年も延びるのではないかと思うほど素晴らしい光景だった。

ぜひこの薬草畑の管理人に面会し、いろいろ話を聞いてみたい。

だが、サムはすぐに気後《きおく》れしてしまう。

(私のような田舎の男爵家の五男が、このような素晴らしい薬草畑を手掛ける管理人に話しかけるだなんて、きっと失礼だ。仕事の邪魔をしてしまうだけだろう……)

そう思って溜め息を吐《つ》きそうになるサムに、後ろから声を掛けてくる人がいた。

「申し訳ありません、もしかして薬草に詳しい御方でしょうか？　お尋ねしたいことがあるのですけれど」

振り返ると、そこにいたのは田舎では見かけたことがないほど白い肌に、薄茶色の髪と瞳をした美しい令嬢だった。

線の細い体や伏せがちに生えた睫毛《まつげ》のせいか、非常に儚げな雰囲気がある。

いかにも土いじりなど経験したことがなさそうな都会の令嬢を前に、サムはたじろいでしまいそうになった。

しかし田舎男爵家とはいえ曲がりなりにも貴族である。女性から話しかけられて逃げるような真似をするのは、紳士の振る舞いではない。

サムは震えそうになる両足にぐっと力を入れ、令嬢に返事をした。

「……詳しいと言えるほどではありませんが、薬草が好きでして。領地ではいろいろと薬草を育てておりました。簡単な薬なら調合も出来ます」

サムがそう言えば、令嬢は美しい瞳をパァッと輝かせた。

まるで日の光に当たった琥珀《こはく》のようにキラキラと輝いていた。

「私、どうしてもほしい（媚）薬があるのです！　禍々《まがまが》しいピンク色の液体で、味はたぶん舌にこびりつくほど甘くて、一口飲むだけで体の細胞が活性化されてすごく元気になって、普段よりも持久力が増す、そんな夢のような（媚）薬が……っ!!」

それはサムも初めて聞く薬の情報だった。

（……体力が回復して元気になれる飲み薬ということだろうか？　そんな夢のような薬があるとはオババ様から聞いたことはないけれど、実際にあるとすれば本当に素晴らしい薬だろう。たとえば食事を受けつけない病人に飲ませたり、栄養失調の孤児たちに与えたら、彼らの命を救うことが出来るかもしれない）

薬草学に関しては貪欲《どんよく》なサムである。

令嬢から未知なる薬の話を聞くと、先ほどまでの憂鬱《ゆううつ》な気分を忘れて、思考が滑《なめ》らかに回った。

「そんな奇跡のような薬の話は初めて聞きました！　ご令嬢、ぜひ詳しく教えてください！」

とても興味をそそられたサムは、無意識のうちに気後れを忘れてそう言っていた。

「ええ、もちろん！」

困ったように微笑んで頷《うなず》いたその令嬢こそが、ノンノ・ジルベスト子爵令嬢だった。

それからサムとジルベスト嬢は薬草畑で度々《たびたび》会い、夢の薬について話すような関係になった。

サムは彼女と話しているうちにだんだんと、男爵領で暮らしていた頃の自分を取り戻し、少しずつ王都の暮らしに慣れていった。

薬草畑の管理人とも面会し、薬草畑を世話する手伝いをさせてもらいながら、様々な薬草について学び始めた。

クラスメートたちとも少しずつ話せるようになり、ペアを組まなければならない授業で一人あぶれることもなくなった。

そのすべてが、ジルベスト嬢のおかげだとサムは思っている。

ジルベスト嬢があの日私に声をかけてくれなかったら、奇跡の薬について話してくれなかったら。

サムはこんなふうに未来への希望を抱いて笑うことなど出来ないでいただろう。

会う度に「(媚) 薬の研究は進んでいますか？」と微笑みかけてくれる彼女に、サムが初恋を捧げてしまったのは当然の帰結であった。

(私の初恋の人。優しい心で奇跡のような薬の誕生を待ちわびている、私の清らかな天使。あなたの隣にはすでに私以外の人がいたのですね。あなたが選んだ方だから、きっと、とても素敵な男性なのでしょう。そして絶対に、あなたを幸せにしてくれる人なのでしょう。どうか、どうか必ず幸せになってくださいジルベスト嬢。私はここであなたの幸せを祈っておりますから……)

▽

「……ノンノ」

「うん？　どうしたの、アンタレス？」

「あそこに立っている男子生徒のことなんだけれどさ……」

「あ、ポーション男爵家のサム様だ。とても仲良しの友達だよ。なんたって、私の媚薬《びやく》を開発してくれてるんだから！　ほら、うちのお父様が国内の怪《あや》しい薬業者は全部摘発《てきはつ》しちゃうし、国外からの輸入も許可してくれないからさぁ～。サム様にこっそり横流ししてもらう予定なんだ」

「ノンノ、お義父《とう》様は本当になに一つ悪くないんだ。正しいことをなさっているんだよ……」

「正論でスケベ女子が納得すると思ったなら大間違いだからね、アンタレス。……サム様、ごきげんよう～」

　暢気《のんき》に近付いていくノンノと、顔を赤くしながら挨拶《あいさつ》を返すサム・ポーションという男子生徒の様子に、僕は思いっきり頭を抱えたくなる。

　たまにノンノの見た目に騙《だま》されて恋に落ちる令息がいるが、彼の勘違いもなかなかすごかった。

なんだよ『私の天使』って、と思ったが、僕も初めてノンノを見たときは純真な美少女だと思い込んでいたことを思い出し、羞恥《しゅうち》に震える。

読心能力がなければ、僕も彼と同じようにノンノの性格を勘違いしたままだったのだろうか。

「ご、ご婚約されたとお聞きしました……。おめでとうございます、ジルベスト嬢」

「ありがとうございます、サム様！　卒業後の結婚式にはぜひ来てくださいね。ご招待しますので」

「……ははは、ありがとうございます。……どうかお幸せになってくださいね」

ノンノがいつもの困り笑顔で頷く。

「サム様があの（媚）薬を完成してくださったら、私、ますます幸せになりますわ！　研究をずっとずっと応援しておりますからね」

ポーション男爵令息はハッとしたように丸眼鏡の奥の瞳を大きく開き、それからゆっくりと微笑むのが、離れた場所にいる僕にもはっきりと見えた。

「ジルベスト嬢を幸せにすることが私にも出来るなら、これからも研究を続けますよ。きっと薬が完成すれば、多くの人を救うことが出来るでしょう」

「（うんうん、そうだよね。皆も媚薬は欲しいよね！）頑張ってくださいませ」

「はい」

『さようなら、私の初恋。私の大切な天使。私はきっとこれからもあなたを──』

長いポエムが聞こえてきたので、意識しないように僕は窓の外に視線を向けた。

今日もシトラス王国は実に平和だ。

▽

これは遠い未来の話だが、サム・ポーション男爵令息はその後も真剣に薬草学を学び、貴族学園卒業後は研究棟に入ると、様々な薬を開発し続けた。

特に、彼が開発した体力回復の薬は、病気や栄養不足で悩む人々を助け、騎士や冒険者たちからも重宝された。

国王陛下は彼の功績を称《たた》え、爵位を与えた。

サム・ポーションは百三十歳の恩師オババ様と共に研究に明け暮れる日々を送っていたが、四十代になってから若い妻を娶《めと》ることになった。

体力回復薬のおかげで命を救われたのだと言って、彼女のほうから押し掛けてきたのだ。

そして、なんやかんやで結婚することになったらしい。

「サム、実はね、あたしの初恋はあなたなのよ!」

妻がそう言って笑う度に、彼は学生時代の記憶がふわっと浮かび上がっては、掻き消されていく。

「ありがとう、私の可愛い奥さん。あなたは私が初めて愛した女性ですよ」

分厚い眼鏡の奥の瞳を柔らかく細めるサムの言葉に、嘘は一つもなかった。

第二章 裏山伝説

Chapter 2

二学期が始まった。

夏季休暇を利用して婚約式をしたので、登校した途端、クラスメートたちからたくさんお祝いの言葉をいただいた。えへへ、とっても嬉しい！

シトラス王国は前世日本に似て、婚活に励むのは学園を卒業してからという風潮なので、学生で婚約するのはかなり早いほうだ。それゆえ女子生徒たちから『恋愛の達人』として憧《あこが》れの目で見られて、私は大変心地良かった。お色気お姉さんに一歩近づいた気分である。

だが、

「ノンノ様とバギンズ様は十年もお付き合いされておりましたものね」

「幼い頃からの初恋を実らせるなんて、とても素敵ですわ〜」

などと言われると、かなり困惑《こんわく》する。

アンタレスと恋愛を始めたのは、ここ数カ月の話なんだよね……。十年もお付き合いした記憶もなければ、幼い頃の初恋の記憶もないんだけれど……。

ただのスピード婚約なだけなのだが、同じクラスで『レモキス』の王太子ルートに登場するライバル令嬢ベガ様から、

「ノンノ様には、わたくしにもいずれ恋愛のご指南《しなん》をしていただきたいものですわ」

と、心底羨《うらや》ましげに言われてしまった。

ベガ様のほうこそ、フォーマルハウト王太子殿下に十年以上片思い設定ですもんね。

騙《だま》しているみたいで少々後ろめたいが、どうせ『アンタレス様とは最近恋愛関係になりました』と言っても信じてもらえないので、気にしないことにする。

そんなふうに穏やかに始まった二学期の、とある午後のこと。

私が在籍するDクラスはちょうど選択科目で、私は美術室に移動して授業を受けていた。

すると突然校舎が揺れだし、ゴゴゴゴゴゴ……ッと大きな地響きが聞こえてきた。

大変だっ!!　地震である!!

描きかけの木炭画がイーゼルごと倒れて、教室のあちらこちらで生徒たちが悲鳴を上げる。

私はとっさにテーブルの上にあった、デッサン用の果物籠《かご》を防災頭巾《ずきん》代わりに被《かぶ》るなどして、揺れが収まるのをビクビクしながら待った。

五分ほど揺れが続いただろうか。その間テーブルの下に隠れていたが、まったく生きた心地がしなかった。

長い揺れが収まると、美術教師の指示で校舎から避難する。

「他の人を押さないように気を付けて進んでください！　そこっ、走らないで！」

美術教師がきびきびと誘導してくれたお陰で、私たちは無事に校庭へ出ることが出来た。すでに他の教室の生徒たちも集まっていて、ひとまずホッとする。

そこで私はようやく気付いたのだが——王立貴族学園の裏手に、高尾山《たかおさん》ほどの標高の山が新たに出現していた。

「なるほど。先ほどの地震は、山が生まれる震動だったのか！」

「また神々が我が国に新たな地形を作り出されたようですわね」

「とても驚きましたが、神々がなさることでは仕方がないですな。シトラス王国は聖なる力に溢《あふ》れた国ですから」

生徒や教師たちが和気あいあいと裏山を眺めているが、とんでもなく不条理な現象ですよ？　お気付きでない？

こうして二学期早々に『レモキス』の校外学習イベントの舞台が整い、来週末に全校で登山が行われることになったのである。

▽

「前世で私が通っていた中学校の話なんだけれどね……」

私が口を開いた途端、アンタレスは渋い表情で首を横に振った。

「ノンノが考えてることは全部筒抜けだから、言わなくてもいいよ」

放課後になってから、私はバギンズ伯爵家《はくしゃくけ》を訪れた。

アンタレスと婚約したので、週に何度かバギンズ夫人から……いや、夫人から『お義母様《かあ》』と呼んでほしいと頼まれたので、これからはお義母様だわ。

お義母様から花嫁修業として、バギンズ伯爵家の奥向きについて教わっている。

今はバギンズ伯爵家とゆかりのある家について覚えているところなのだが、バギンズ伯爵領はシトラス王国一の貿易港を持っているので、関りのある家がとても多い。国内のみならず国外の貴族の名前もいっぱいあった。

その中でも絶対に忘れてはいけない相手をお義母様にピックアップしていただいたが、その名簿だけでも漫画雑誌くらいの厚みだ。さすがは伯爵家序列一位のバギンズ家である。

スケベなことに関しては無限の記憶力を持っている私だが、こんなにたくさんのプロフィールを覚えるのはなかなか苦労しそうだ。

せめて性癖《せいへき》の項目とかがあればいいのにな。

そうしたら楽しく覚えられるし、性癖と人物を紐付《ひもづ》けられるので絶対に忘れない。

どこかでバッタリと会ったとしても、『あ！　この人、うなじフェチの人だ！』って、すぐに思い出して挨拶《あいさつ》が出来るのに。

一応アンタレスに、全員の性癖を暴くことをお願いしてみたのだが、

「ノンノにはこれ以上、無駄な知識を与える気はないから」

と、すげなく断られてしまった。

全然無駄じゃないよぉぉぉ！　私、絶対に有効活用出来るもんんん！

まぁ、そういうわけで、本日の花嫁修業は無事に終了したので、今はこうしてアンタレスとお茶をしている。

話題はもちろん、本日貴族学園に爆誕した裏山と、そこで行われる校外学習イベントについてだ。

「アンタレス君や。読心能力に胡座《あぐら》をかいてはいけないよ。私がこれから話す内容がすでに分かっているからといって、会話することを放棄《ほうき》しちゃったら、人生の楽しみが減っちゃうでしょう」

「『人生の楽しみ』なんて響きの良い言葉を使うなら、もっと有意義な話をしてほしい。ノンノの企《たくら》みはかなりくだらない」

「くだらないことに全力で挑むことが、人生をより豊かにする秘訣《ひけつ》です！　でね？　前世の中学校の裏山に、歴代の先輩たちが残したエロ本の山があるという噂がありましてね……」

実際にあったのかどうかは知らないし、あったとしても野晒《のざら》しにされた本など読める状態ではなかったと思うけれど。とにかく、そういう噂がまことしやかに広がっていた。

同じクラスの男子生徒の中には、わざわざ裏山に登って、本当にお宝があるのか捜索した者もい

たらしい。教室で笑いながら「見つからなかった」と話していた。

クラスの女子生徒たちは、そんな男子生徒たちの話を横で聞きながら、「男子ってほんとにバカばっかり！」と笑ったり、「やだー、男子ってサイテー」と気持ち悪がったりしていたけれど。当時の私はなにも言えず、空気に徹していた。

正直、私もその男子生徒みたいに、裏山にあるというお宝を探してみたかった。

でも、そんな度胸は前世の私にはなかった。

まだ中学生の自分にエロ本は早過ぎる存在だと思っていたし、バレたときの周囲の反応が怖かったから。

きっとクラスの女子生徒どころか男子生徒にも笑われたり、引かれたりするのだろう。

最悪、教師にバレてしまって、両親に連絡されたら嫌だと思っていた。『お宅の娘さん、学校の裏山でエロ本を探していましたよ』って。

今にして思えば、学校にエロ本を持ち込んだならともかく、裏山でエロ本を探していたなんて連絡をわざわざするとも思えないけれど。

それに裏山で見つかっても、山菜採《と》りだと言い張ればいいのでは？　それはそれで、山の持ち主に対して問題があるのだろうけれど。

「今の私なら、学園の裏山にエロ本があるって言われたら喜んで探しに行くのになぁ。そもそもこの健全王国には、エロ本が存在しないわけでしてねぇ」

「……それで、校外学習に行く時に、自作した裸婦画を裏山のどこかに隠したい、と」

「エロ本を探す冒険者になれないのなら、エロ本伝説を作る側《がわ》に私はなりたい。歴代の先輩たちのように！」

「……本当に……、くだらない……」

アンタレスは呆れたように溜め息を吐《つ》く。

「だから、今夜から頑張ってエロ本製作をしようと思うの。このシトラス王国の誰も見たことのない、なんかすごいやつを！」

「裸婦画に興味はないけれど、山の中ではなにが起こるか分からないから、僕も一緒に行動するよ」

「本当!?　エロ本を隠すのにぴったりの場所を探すのを、アンタレスも手伝ってくれるの!?」

「それは自分で探しなよ。僕はきみに危険がないようについて行くだけだから」

「まぁいいや。ついて来てくれるだけで冒険者仲間が出来たみたいで嬉しいよ。ありがとう、アンタレス！」

「だから仲間扱いしないで」

登り下りはクラス行動だけれど、山頂付近（事前調査をした教師によると、広々とした原っぱがあるらしい）に着いたら自由行動なので、その時にアンタレスと落ち合うことにした。

とっても楽しみである！

▽

ところで私、エロ本を読んだことがない。

コンビニのエロ本コーナーの前を通る時など、本当は立ち止まってじっくり表紙を見てみたかったくせに、痩《や》せ我慢をして速足で通り過ぎたものだ。

そんなわけでエロ本製作に関して重大な知識の欠落はあるが、まぁ、なんとかなるでしょ。

アイドルの写真集はいくつか持っていたので、たぶんそれの裸バージョンなのだろうと想像している。

そういうわけで、私は『砂浜で裸で寝そべっている美女の絵』を描くことにした。

私は貴族学園に入学して以来ずっと、選択科目は美術を選んでいる。

それは、九割ないだろうとは思いつつも、残りの一割で、もしかしたらヌードデッサンを学ぶ機会があるかもしれない……という希望を捨てられないからである。

今のところ、球体や三角錐《すい》の置物、布や木やガラスの描き分け方とか、ガチなやつしか習ってないですけれども。

この健全世界にも裸婦画と呼ばれるものが一応あるのだが、なぜか抽象的な描写ばかりだ。

風景画は写真かと思うほどディティールの細かいものも存在しているし、肖像画もきちんとしている。それなのに裸婦画に関してだけは、モザイクのごとく抽象画になる不思議。いや、どう考えても健全強制力のせいですけれど。

なので私が抽象画ではない、しっかりとした裸婦画を描けば、この健全王国の国民たちの度肝《どぎも》を抜くこと間違いなしである。

前世チートというやつですよ、ふはははっ！

その裸婦画を裏山に隠せば、絶対に伝説になるだろう。とても楽しみである。

私はスケッチブックを広げ、前世で大好きだったお色気女怪盗キャラをモデルに裸婦画を描くことにした。

上から九十九・九cmのバスト、五十五・五cmのくびれたウエスト、八十八・八cmのヒップ。かっこいい言動や、男を裏切っても悪びれないチャーミングさのすべてが私の理想である。

私もピチピチのライダースーツを着て颯爽《さっそう》とバイクに乗ったり、胸の谷間から宝石を取り出したり、武器を隠し持ってみたい〜。

ただ、あまりにも女神過ぎるキャラクターなので、なかなか自分の納得のいく絵が描きあげられなかった。

当初の予定としては最低百枚くらい描いて製本したかったのだけれど、校外学習の前日までにどうにか妥協点《だきょうてん》まで仕上げることが出来たのは、たった一枚だけだった。

まぁ、こういう時はパッケージに工夫をすればいいんですよ。

裸婦画を入れた封筒に『エロ本』としっかり書いてしまえば、もう誰にも、これが本ではないとは言えなくなるのである。

私はようやく満足して、明日のために眠ることにした。

▽

エロ本（という名の一枚絵）をリュックに忍ばせ、学園指定の運動服に着替えた私は、張り切って登校した。

学園長のお話を聞くために校庭に集合とのことで移動していると、ちょうどサム・ポーション様に会った。別のクラスのお友達である。

「おはようございます、サム様。本日は山登り日和《びより》の良い天気になりましたわねぇ」

「ぉっ、はようございます、ジルベスト嬢……っ！」

分厚い丸眼鏡のレンズの向こうで、サム様が照れたように笑う。

サム様と出会ったのは、貴族学園に入学したばかりの頃のことだ。

当時、私は前世ぶりの学生生活に大変浮かれ、校内のイチャイチャスポット探索をしていた。

いつか男子生徒と一緒に隠れたいロッカー……。

ちょっぴり不良な先輩に『今は先生が席を外してるから、いいだろ？』と、連れ込まれたい保健室のベッド……。

図書館の本棚の高いところにある本を取ろうとして脚立《きゃたつ》に乗ったはいいが、バランスを崩してしまい、図書委員の男子生徒の前でパンチラしてしまったり……。

学園で一番人気の男子生徒と、教室のカーテンの裏で内緒のキス……。

残念ながら、この健全世界ではそんなことは万に一つも起きないのだろう。

けれどスケベな心の瞳で見つめれば、世界の全てがとても輝いて見えるのだった。

その調子で私がイチャイチャスポットを求めて歩いていると、研究棟《とう》の近くで大きな薬草畑を見つけた。

貴族学園卒業後は、嫡男《ちゃくなん》は領地経営に携《たずさ》わり、それ以外の令息は王城や騎士団に勤めたり、令嬢なら婚活や結婚というのが一般的な進路だ。

だが中には、貴族学園に併設されている研究棟に入って、さらなる勉強を続ける者たちもいる。

研究棟には確か薬草学関係の学科もあったな。それでこんなに立派な薬草畑があるのだろう。

媚薬《びやく》の研究はしていないのかな??

そういえば転生してから、媚薬という単語を聞いたことがない。存在しないどころか、その概念《がいねん》さえないのかもしれなかった。

どうにかして、媚薬を作り出せないだろうか？

もしもこの先、私が誰かに恋をしたら、絶対に必要になるもん。

女嫌いの氷の公爵《こうしゃく》様とか、生真面目《きまじめ》で女性に手を出そうなんて考えない委員長タイプとか、逆に軟派なハーレム皇子とか、攻略が難しい相手を好きになっちゃうかもしれない。前世では一度も恋をしたことがないので、自分はどんな男性が好みなのか分からないんだよね。

でも、そんな叶《かな》わぬ恋に落ちても、媚薬さえあれば大丈夫！

相手に飲ませてメロメロにしてしまえば、恋愛経験値ゼロの私でも落とせるでしょう！

ふはははは！　勝機が見えたぞっ！

そんなことを考えて薬草畑を進んで行くと、人影が見えた。

「申し訳ありません、もしかして薬草に詳しい御方でしょうか？　お尋《たず》ねしたいことがあるのですけれど」

振り向いたのは、鳥の巣のような髪と分厚いレンズの眼鏡をかけた男子生徒だった。

「……詳しいと言えるほどではありませんが、薬草が好きでして。領地ではいろいろと薬草を育てておりました。簡単な薬なら調合も出来ます」

彼こそが私の希望の光、サム・ポーション男爵《だんしゃく》令息だった。

「私、どうしてもほしい（媚）薬があるのです！　禍々《まがまが》しいピンク色の液体で、味はたぶん舌にこびりつくほど甘くて、一口飲むだけで体の細胞が活性化されてすごく元気になって、普段よりも持久力が増す、そんな夢のような（媚）薬が……っ!!」

薬草に詳しい上に調合まで出来るサム様に、私はなんとか媚薬の説明をする。

すると彼は俯《うつむ》いて、

「体力が回復して、元気になれる飲み薬ということだろうか……？　たとえば食事を受けつけない病人に飲ませたり、栄養失調の孤児たちに与えたら、彼らの命を救うことが出来るかも……？」

なにやらブツブツと言っていたが、すぐに興奮した様子で顔を上げた。

「そんな奇跡のような薬の話は初めて聞きました！　ご令嬢、ぜひ詳しく教えてください！」

サム様はどうやら媚薬に興味を持ってくれたらしい。男の子だもんね。

それから私とサム様は時々薬草畑で会い、媚薬研究をする間柄になった。

「噎《む》せ返るような満開の薔薇《ばら》の香りがすると、（スケベな）雰囲気があっていいですよね！」

「さすがです、ジルベスト嬢！　薔薇のいい香りがする薬なら、患者も明るい気分になるかもしれません」

「いかにも怪《あや》しい感じの小瓶に詰めると素敵だと思うんです」

「薬瓶のデザインにまでこだわるなんて、目の付け所が違いますね。女性ならではの視点です」

「あ、でも、やっぱり無味無臭のほうが使い勝手がいいかしら？　他の食べ物に混入しても気付かれませんもの」

「無味無臭なら、薬を飲みたがらない幼子にも与えやすいですね」

「え？　小さい子には早過ぎるような……？」

サム様とは話が多少嚙み合わないこともあったが、人間はそう簡単には分かり合えない悲しい生き物なので良しとする。

私とサム様は、そんなふうに良好な関係を築いてきた。

そんな仲良しのサム様だが、今日はなんだかとっても重装備だ。

パンパンに膨《ふく》らんだリュックからは、ピッケルやロープなどが飛び出している。どんな険しい雪山を踏破する気なのだろう？

気になって指摘すると、「ああ、これはですね……」とサム様が指で頬を掻く。

「新たに誕生した山で、新種の薬草を発見出来るかもしれないと思いまして。自由時間になったら探索するつもりなんです」

「それで重装備なんですねぇ」

「もしかしたら、ジルベスト嬢がお望みの薬に使えるような、新種の薬草が見つかるかもしれません」

「それはとっても楽しみですっ!!!　怪我にはお気を付けて、頑張ってくださいませ!!!　私も山で珍しい植物を見つけたら、根こそぎ毟《むし》り取ってきますわ!!!」

「あ、いえ。毒があるといけないので、素手で触ってはいけません。あとで私に生育場所を報告していただければ、それで充分ですから」

「分かりましたっ!!!　サム様に即行でご報告にうかがいますね!!!」

珍しい植物を見かけたらサム様にご報告、と頭の片隅にメモしておく。

これで媚薬開発が一気に進んだら嬉しいなぁ。

今はアンタレスと婚約しているので、当初の目的は失われてしまったが、それでも媚薬はあって困るものではない。

アンタレスに飲ませてメロメロにすれば、めくるめくスケベライフが送れること間違いなしだもの。

問題は、読心能力持ちのアンタレスにどうやって媚薬を飲ませるかということなのだが。

彼を騙すのは普通に無理なので、色仕掛けで飲ませよう。なんか、こう、うっふ～ん♡　って感じで。

アンタレスは私のことが大好きだから、

「仕方がないな、ノンノは。きみのためなら媚薬くらい、いくらでも飲んであげるよ」

って、一気飲みの展開になるだろう。

うん、この作戦はいける。勝利は堅い。

私はニコニコとして、サム様とそこで別れた。


――サム様がこの校外学習イベントで本当に新種の薬草を採取し、その薬草を使った新薬で、まさかあんな悲劇が起ころうとは。

この時の私には知る由《よし》もなかったのである。

▽

クラス単位で校庭に並んで学園長のお話を聞いたあと、引率の教師とともに裏山へと向かう。

裏山には事前調査の際にいくつかの登山口が発見されたらしい。よって、一学年は登山初心者向けのコースを、三学年は上級者コースを、そして私たち二学年は中級者向けコースを登ると教師から説明された。

先週誕生したばかりの未知なる山に登るのだから、全員初心者向けコースでいいのでは？　と思ったけれど、これもたぶんゲームのご都合主義なんだろう。

最終的に山頂付近の原っぱで全校生徒が集合し、そのままランチ込みの自由時間になるそうだ。

この時に私はアンタレスと合流し、エロ本を山中に隠す一大イベントを行うのである。

中級者向けの登山道は西側にあり、Aクラスから順に登っていく。

ちなみにAクラスには攻略対象者であるフォーマルハウト王太子殿下やサム様が在籍し、Bクラスにスピカちゃんと攻略対象者の侯爵《こうしやく》令息、Cクラスにアンタレス、私のいるDクラスが『レモキス』のモブキャラ詰め合わせセットである。

Dクラスの順番が来て、私たちは山登りを始めた。

木々が生《お》い茂った山の中は、空気がひんやりとして瑞々《みずみず》しい感じがする。

山道には小石や枝や葉っぱがたくさん落ちていたり、急な段差があったりして歩きにくいけれど、『そもそも生まれたばかりの山の中に、なぜ、道があるのだろう？』と考えれば、整地されていなくとも道が存在するだけで素晴らしいという気持ちになってくる。

列の前後の令嬢たちと、

「わたくし、山登りって初めてですわ」

「体調が悪くなったらおっしゃってくださいね」

「時々、糖分を摂《と》ると良いそうですわよ～」

などと、お互いを励まし合い、着実に登っていく。

時折、木々の切れ間から王都の家々の屋根が見えたり、美しい山野草を発見したり、「見ろ！あそこに白い猿がいるぞ！」と隣の席のザビニ・モンタギュー侯爵令息が目を輝かせたりした。

ちなみにモンタギュー様は、スピカちゃんと同じクラスに在籍する攻略対象者の友人という格上のモブである。

私は彼に大変恩義を感じていた。

なにせモンタギュー様は、あの忌《い》まわしき『ピーチパイ・ボインスキー発禁事件』の時に尽力《じんりょく》してくれた方々のお一人なのである。

私はただ毎日頑張って、ちょいエロ小説を執筆していただけなのに、冷酷非道な父の手によって発行禁止処分を下された。

父から虐《しいた》げられた私を救うべく、モンタギュー様たちが立ち上がってくださったのだ。他の上級貴族や市民団体の方もいれると、百人以上。

私はモンタギュー様を始め、あの時尽力してくださった皆様に心から感謝している。いつか彼らに恩返しがしたいものだなぁ。

この健全世界にもっとスケベなものを普及出来たら、彼らへの恩返しになるだろうか？

それならば今日は頑張って山に登り、エロ本を隠そう。

裏山にお宝があるという噂を流したら、もしかしたらモンタギュー様が一番最初に探しに行ってくれるかもしれない。喜んでくれるといいなぁ。

山頂付近の原っぱまでは約一時間ほどで着くということだが、我々全員温室育ちなので、一時間の山登りにも脱落しそうな生徒が出てきた。

クラスのまとめ役であるリリエンタール公爵令息やベガ様が、こまめに皆の体調を確かめ、小休止を取った。

けれど、スタンドレー侯爵家三男坊が脱落しかけた。

「無念……。拙者《せっしゃ》はもはや、これまでであります……。皆の衆、拙者を置いて、どうか先に……」

三男坊に気力が足りないのは、ピーチパイ・ボインスキーの新刊発売の度《たび》に自主休暇を取るせいだと思う。休み癖《ぐせ》が付いているというか。

私も罪な女よねぇ……。

「なにを言っているのでありまするか！　約束の地まで共に行きましょうぞ！」

『『校舎裏の誓い』を忘れたのでありまするかっ⁉　我らの熱き絆《きずな》は、こんなところで途切れたりはいたしませんぞ！　さぁ、スタンドレー氏、拙者の背におぶさるのです！」

「あと十分で原っぱに辿《たど》り着くのですから、もう少し踏ん張るのですよっ、スタンドレー様！」

いつものオタク仲間や、クラスメートが彼を励ます。

私は三男坊にも恩義があるので、侍女《じじょ》のセレスティが作ってくれた蜂蜜レモンを彼に分けてあげることにした。

ジルベスト子爵《ししゃく》領では養蜂業《ようほうぎょう》が盛んである。

小さい領地ながらも高い山々に囲まれた平原を持ち、水と空気が澄み渡った美しい地だ。

『シュガーフラワー』という、上質な蜜を蓄える非常に貴重な花の一大群生地があり、我が領地にしか棲息《せいそく》しない『ジルベストハニービー』という蜜蜂が独自の生態系を築き上げている。

そんな大自然の恩恵を受けて、国内どころか大陸随一《ずいいち》の美味《おい》しい蜂蜜を生産しているのだ。

領民たちの多くが養蜂を営んでいるが、それでも大陸中からの需要に供給が追い付かず、どんどん値上がりしている状況である。これればかりは自然のものなので、どうしようもないんだけれど。

そんなジルベスト産高級蜂蜜を使った蜂蜜レモンは、侯爵家といえども気軽に食べられる品物ではない。

おかげで三男坊に「かたじけない、かたじけない……！」と、大変喜んでもらえた。

もしかして、蜂蜜の詰め合わせを発禁問題で助けてくださった方々にお配りしたら、喜ばれるかしら？

でも、ボインスキーがジルベスト産の蜂蜜を大量に送ったら、すぐに私だとバレちゃうよなぁ。

芋《いも》づる式に父にバレるのは困る。正体を隠し続けてあげるのが、父へのせめてもの情けというものだろう。

回復した三男坊を皆で応援しながら辿り着いた山頂付近の原っぱは、広々としていた。

青い空が視界いっぱいに広がっている。

涼しい風が吹き抜け、草花の良い香りがし、降り注ぐ日差しも心地良い。とても素敵な場所だった。

クラスの点呼が終わると、私はすぐにアンタレスのもとへ行く。

先に到着していたアンタレスは、Dクラスの近くで私を待っていてくれた。

「お疲れ、ノンノ」

「アンタレスもお疲れさま！　そっちのクラスも脱落者がいなくて良かったねぇ～」

「うん」

「じゃあ、ふふふ、ランチを食べたら、さっそく人気《ひとけ》のない場所を探して例のブツを……」

「ノンノ様ー！」

エロ本を隠したリュックをぽんぽん叩いてニヤニヤしていた私へ、一人の女子生徒が声を掛けてくる。

ピンクブロンドの髪を揺らしながらこちらへやってくるのは、この世界のヒロイン・スピカちゃんだった。

そしてスピカちゃんの背後から、二人の男子生徒がやってきた。

一人は先ほどまで一緒に山道を歩いていたモンタギュー様で、もう一人はスピカちゃんと同じクラスの攻略対象者ベテルギウス・ロックベル侯爵令息だった。

「ノンノ様、バギンズ様。よろしければ、お昼を皆でご一緒しませんか？　こちらは同じクラスのベテルギウス様と、そのご友人のモンタギュー様ですっ！」

目の前にやってきたスピカちゃんは、そう言って私とアンタレスに二人を紹介した。

「お話しするのは初めてですね、バギンズ君、ジルベスト嬢。僕はベテルギウス・ロックベルです」

「俺はジルベスト嬢とは隣の席だが、バギンズとはお初だな。モンタギュー侯爵家のザビニだ。よろしくな！」

「アンタレス・バギンズです。ロックベル様とモンタギュー様とお話し出来て光栄です。こちらは僕の婚約者のノンノ・ジルベスト子爵令嬢です」

「ロックベル様、モンタギュー様、本日はどうぞよろしくお願いいたします」

ベテルギウス・ロックベルは、ブルーグリーンの髪をした眼鏡キャラである。

名前と名字の両方に『ベル』が入っているので、ファンからは『ベルベル』の愛称で親しまれていた。

ベルベルは元は分家の男爵家の生まれで、子供のいないロックベル侯爵夫妻の養子になった。元来の生真面目な性格と相まって、ロックベル侯爵家の跡継ぎに相応《ふさわ》しく、生家の両親にも誇ってもらえるような素晴らしい紳士になろうと努力し続けてきた青年だ。

それゆえ、平民から突然男爵令嬢になったスピカちゃんに過去の自分を重ね、クラス内で彼女のフォローをしているのだ。

素直でまっすぐな心のまま貴族令嬢としてどんどん成長するスピカちゃんに惹《ひ》かれていく、というのがベルベルのルートである。

モンタギュー様はベルベルが養子になった頃からの付き合いで、生真面目で肩肘《かたひじ》を張ってばかりのベルベルが少しでも力を抜いて笑えるようにと、支えてあげる役どころだ。

スピカちゃんとの恋を応援するキャラでもあり、もうすでにその片鱗《へんりん》が見えているらしい。

……さて、どうしよう。一緒にランチを食べる流れになってしまったぞ。

スピカちゃんとベルベルたちが原っぱの奥へと歩いていくのについて行きながら、私は少々困っていた。もちろんエロ本の件である。

ランチを食べたあとも皆で行動するのだろうか？

エロ本を隠す隙《すき》があるだろうか？

私はそればかり考えていた。

ちなみに現在この原っぱには一学年と二学年しかおらず、上級者登山コースの三学年はまだ到着していない。

優しいスピカちゃんのことだから、三年のプロキオンを見かけたら彼のことも仲間に入れると思うので、さらに人数が増えてしまうことが今から予想される。

はたして私はスピカちゃんたちを撒《ま》いて、無事にエロ本を隠せるのだろうか？

「……ノンノ」

アンタレスがこっそり声をかけてくる。

「あとで『二人きりで景色を楽しみたい』とか言って、エジャートン嬢たちと別行動を取らせてあげるから」

「えっ。本当に？」

「だから今は安心して、皆とのランチを楽しみなよ」

「うんっ！　アンタレス、ありがとう！」

アンタレスに任せていればなんとかなりそうな気がして、私はようやく気分が楽になった。

ふぅ……。世間に秘密を隠して生きるのって大変ね。私って、まるでセクシー女怪盗みたいじゃない？

でも、秘密を抱《かか》えて生きるほうが色気が滲《にじ》むって、前世で聞いたことがあるし。

ランチを皆で楽しんだら、世を忍んでがんばろー！

横でアンタレスが微妙な顔をしてこちらを見ていたことに、私はまったく気付かなかった。

「やっぱり見晴らしの良いところでランチを食べたいですよね、ノンノ様？」

「そうですわね、スピカ様」

スピカちゃんが率先して、場所を探す。

他の生徒たちもランチの場所を求めて、あちらこちらに散らばっていた。

フォーマルハウト王太子殿下が側近のリリエンタール公爵令息を連れて歩き、周囲の生徒たちに優しく声を掛けているのが遠くに見える。

その近くには、ベガ様とそのお取り巻きの女子生徒たちが、王太子殿下をランチに誘おうとタイミングを見計らっていた。

重装備のサム様が薬草畑の管理人さんと一緒に山頂へ向かう道を進んでいく。

引率者の一人として参加していた美術教師は、ランチそっちのけでスケッチの準備をしていた。

スタンドレー家の三男坊も完全回復したみたいで、オタク仲間たちと輪になってランチを広げていた。

周囲の楽しげな雰囲気に、私までうきうきした気持ちになってくる。

「スピカ嬢、あちらの場所などは如何《いかが》でしょうか？」

「おっ！　いい場所を見つけたじゃねーか、ベル。目敏《めざと》いな」

「とっても素敵な場所ですね、ベテルギウス様っ！　ノンノ様たちも、あちらで構いませんか？」

「はい。アンタレス様ももちろん賛成ですよね？」

「ええ、構いませんよ」

ベルベルが見つけてくれた場所は、大きな木の下にある広いスペースだった。見晴らしが良く、頭上に広がる枝葉が日除《ひよ》けにもなってくれる。

私たちはさっそくピクニック用のラグを広げた。

「実は張り切ってお料理をしたら、たくさん作り過ぎてしまいまして……。よろしければ皆さん、食べてくださいませんか？」

スピカちゃんはヒロインらしく、手作り料理を持ってきてくれたらしい。

彼女のリュックサックの中から、どうやって詰め込んだのか謎なほど大きなランチボックスが出てきた。ランチボックスの蓋《ふた》を開けると、中にぎっしりと料理が並んでいる。

作るのも大変な上に、ここまで運んでくるのも大変だっただろう。

きっと私が何日も頑張ってエロ本を製作したように、スピカちゃんもメニュー選びに悩んだり、時間と戦いながら料理を作ってくれたんだろうな。

スピカちゃんの気配りがとても嬉しく、同時に彼女に親近感が湧いた。

私が作ったエロ本も、こんなふうに誰かが喜んでくれるといいなぁ。

「スピカ様、こんなにたくさんのご馳走《ちそう》をありがとうございます。作るのはとても大変でしたでしょう？　どのお料理もとっても美味しそうですわ！」

「全然大変じゃなかったですよっ。お料理が趣味なので、つい楽しくて、こんなに作っちゃったんです」

山ほどの唐揚げや肉巻きやローストビーフなどといったガッツリ系メニューに、モンタギュー様が「スゲー、肉がたくさんだな！　俺、肉大好きなんだよ！」と無邪気に喜んでいる。

アンタレスがスピカちゃんに丁寧《ていねい》にお礼を伝え、ベルベルはというと、スピカちゃんの手料理に感動して震えていた。

「スピカ嬢の手料理が食べられるなんて……！　僕はなんとお礼を申し上げたらいいのか……！　ありがとうございます、スピカ嬢！　本当に嬉しいです！」

「いえいえ。ローストビーフなどは一人分だけ作るほうが逆に大変なのでっ。ベテルギウス様にも食べていただけると、私もとっても嬉しいですからっ」

「こんなに大きなランチボックスを持って登山をするのは大変でしたよね。帰りは僕がお荷物をお持ちしますよ」

「それは結構です、ベテルギウス様。自分で決めて持ってきた荷物ですからっ」

ベルベルも結構頑張ってスピカちゃんにアピールしているんだな〜。

私もスピカちゃんを見習って、蜂蜜レモン（セレスティ作）を取り出した。

「こちらはデザートにどうぞ」

「おっ！　それって、さっきスタンドレーが『かたじけない、かたじけない……！』って泣きながら食ってたやつだろ。実は俺も食いたかったんだよな～」

モンタギュー様が蜂蜜レモンに喜んだ。

正直、モンタギュー様はエロ本のほうが狂喜乱舞すると思うけれどね。

でも、それは数々の試練を乗り越えた冒険者にこそ相応しい宝なので、そう易々《やすやす》と渡すつもりはない。

私から言えることは『私の財宝？　欲しけりゃくれてやる。探せ！　この健全世界で唯一《ゆいいつ》の秘宝をそこに置いてきた』である。父によって処刑寸前って感じの台詞《せりふ》だが。

なにはともあれ、スピカちゃんの手料理を囲んでランチが始まった。

ベルベルが率先して料理を取り分けてくれる。

「さぁ皆さん、肉ばかりではなく、野菜もバランス良く食べなければいけませんよ。ジルベスト嬢、ブロッコリーとエビのサラダも盛って差し上げますね。こらっ、ザビニ。ピーマンを除《よ》けてはいけません。あなたはとうの昔にピーマンを克服したはずでしょう？」

「克服はしたんだけれどさぁ、でもピーマンを食わなくても死なねーし」

「仕方がありませんね。では代わりに、こちらのキャロットラペをどうぞ」

「おっ、甘酸っぱくてうめぇ！　エジャートン嬢は天才だな！」

私はベルベルにお礼を伝え、ブロッコリーとエビのサラダを受け取る。大変有《あ》り難《がた》いのだが、なんだかお母さんっぽいぞ、ベルベル。

和《なご》やかな雰囲気でランチを食べていると、突然、突風が吹き抜けた。

「きゃぁっ！」

「うわっ、かなり強い風だな!?」

砂埃《すなぼこり》が立ち、思わず目を瞑《つぶ》る。

食べ物に埃が入っちゃったらどうしよう？

風が止《や》んでから、恐る恐る目を開けると――……。私たちの真ん中に置かれていたはずのランチボックスと蜂蜜レモンの容器が、忽然《こつぜん》と消えていた。

「え？　まさか今の突風でランチボックスが吹っ飛んでしまったのでしょうか……？」

スピカちゃんが蒼《あお》い瞳をぱちくりさせながら言った。

突風で吹き飛んだのなら、近くに料理が散乱してしまっているかもしれない。

私たちは慌《あわ》てて立ち上がり、周囲を見渡した。

すると少し離れた場所に、白い猿がランチボックスと蜂蜜レモンの容器を抱えているのが見える。

白い猿は私たちに見つかったことに気が付くと、慌てた様子で山の中へと逃げていく。

モンタギュー様が叫んだ。

「あの猿！　来る途中で見かけた猿じゃねぇか！」

そういえば白い猿を見かけたと言って、はしゃいでいましたね、きみ。

「スピカ嬢が一生懸命作ってくださった料理を盗むとは！　なんたる不届き者でしょう！」

ベルベルの眼鏡の奥の瞳に、怒りの炎が燃えている。

すぐさまモンタギュー様がベルベルに声をかけた。

「おい、ベルっ！　エジャートン嬢の飯、取り返しに行くぞ！」

「ええ。もちろんですよ、ザビニ！」

息ぴったりのベルベルとモンタギュー様を見て、私は思い出した。

これはベルベルルートのイベントである。

スピカちゃんがベルベルとモンタギュー様と一緒にランチを摂っていると、一陣の風に襲われ、気が付くと白い猿にランチボックスを盗まれている。

取り返そうとするベルベルたちを、スピカちゃんは「山の奥に入るのは危ないですから」と止めるのだが、ベルベルたちは怒りのままに猿を追いかける。彼らのことが心配なスピカちゃんも、もちろん一緒に山へ入る。

どうにか白い猿に追いつくことは出来たが、お腹《なか》を空《す》かせた小猿たちにランチボックスをあげているところだった。

その様子を見たベルベルとモンタギュー様は、スピカちゃんの「もう諦《あきら》めましょう」という言葉に、ようやく頷《うなず》くことが出来た。

けれど帰り道が分からなくなってしまい、三人は山の中で迷ってしまう。

そこへ白い猿が再び現れて、最初にいた原っぱへと案内してくれる。

そしてランチボックスを盗んだお詫びにと、白い猿が『一つだけ願いが叶う石』をくれるのだ。

まるで童話のようなイベントである。

私の心の中の解説に、アンタレスが隣で「なるほど……」と頷いた。

さて、次はヒロインがベルベルたちを引き留める番である。

私はスピカちゃんに視線を向けた。

――なんとスピカちゃんは、猛烈に怒っていた。

お人形のように可愛らしい顔の頬を限界まで膨《ふく》らまし、ぷんすこぷんすこ怒っていた！

「私のお料理はともかく、せっかくノンノ様が持ってきてくださった蜂蜜レモンまで盗んでいくなんて酷《ひど》いです！　ベテルギウス様っ、モンタギュー様っ、お猿さんを追いかけましょう！　蜂蜜レモンを返してもらいましょう！」

「そうだそうだ！　俺は蜂蜜レモンも食いたかったんだ！」

「スピカ嬢の手料理もジルベスト嬢の蜂蜜レモンも、どちらも返してもらわなければ！　さぁ、皆さん、荷物を持ってください。白い猿を見失わないうちに追いかけますよ！」

こらっ、スピカちゃん！　ベルベルたちの話に乗っかるんじゃない！

怒っているスピカちゃんも大変可愛いが、それだとヒロインの役割をする人間がいなくなってしまう……！

「ねぇ、ノンノ。途中で『猿を手分けして探そう』と言って三人から離れれば、きみの目的もスムーズに果たせるんじゃない？」

「ハッ!!!　それだ!!　アンタレスってば、天才じゃん!!」

うっかり忘れかけていたエロ本の存在を思い出し、私のやる気スイッチが入った。

即行で残りの荷物をまとめ、スピカちゃんたちに続く。

「では、お猿さんからノンノ様の蜂蜜レモン救出大作戦、決行です！」

スピカちゃんの掛け声に合わせて、皆で「えいえいおー！」と拳を高く上げる。

さぁ、イベントの混乱に乗じて、裏山エロ本伝説を作るぞー！

▽

広々とした原っぱから、木々が鬱蒼《うっそう》と生い茂る場所へ足を踏み入れると、差し込む陽光の量がガクンと減った。

ひんやりとした空気が肌にまとわりつき、それが肺の奥まで入り込む。植物や腐葉土《ふようど》が織りなす山の匂いがした。

視線を周囲へ向ければ、街中では見ることのない植物がたくさん生えていた。

これだけいろんな種類の植物が繁茂《はんも》しているなら、本当に新種の薬草も見つかるかもしれない。

私はサム様との約束を思い出し、怪しい植物を見つけたら必ず報告しようと改めて決意した。

モンタギュー様を先頭に、私たちは一列に並んで白い猿を追いかける。

ベルベルが後続を気遣《きづか》い、邪魔な枝を踏み折ったり、垂れ下がる蔦《つた》をナイフで切り取ってくれる。

さすがは眼鏡キャラ。紳士的である。

いや、もしくは我が子を気遣うお母さんなのか……？

「ありがとうございますっ、ベテルギウス様！　すごく歩きやすくなりましたっ」

彼のすぐ後ろに続くスピカちゃんが、ベルベルの行動に明るい笑顔でお礼を言った。

ベルベルはスピカちゃんの花のような笑みに照れながらも、「転ばないように気を付けてくださいね」と瞳を柔らかく細めた。

そんな甘酸っぱい青春の傍《かたわ》らで、私はエロ本を隠すのに最適そうな場所を探していた。

私の行動も、誰かの青春のためなのだ。甘酸っぱいかは知らないけれど。

エロ本を野晒しにするとすぐに風雨にやられてしまい、シナシナのパリパリになってしまうだろう。そういう心配のない洞窟があるといいなぁ。木の洞《うろ》でも可。

列のしんがりはアンタレスだ。

アンタレスは私のことをいろいろとフォローしてくれた。

私が洞窟探しに我を忘れていれば、「ノンノ、不自然に立ち止まらないで早く進んで」と背中を押してくれる。

なんとなく女体に見えなくもない岩に気を取られて、転びそうになったのを支えてくれる。

そして、媚薬の材料になりそうな蛍光ピンクのキノコを発見して興奮し、斜面を滑り落ちそうになったところを摑まえてくれた。

さすがは私だけのスパダリ・アンタレスである。婚約者のスケベに理解がある優しい男だ。

「別に理解があるわけじゃないよ」

私の心を読んだアンタレスは、実に不本意そうに言った。

スピカちゃんたちはどんどん山の中を進んでいくが、私はなかなか伝説の地に相応しい場所を見つけられずにいた。

これ以上探すには、スピカちゃんたちと別行動するほかないのだけれど、……ランチボックスを盗んでいったあの猿の体毛が白いせいで、山の緑の中で絶妙に目立って見失うことが出来ない。

茂みに消えたかと思えば、次の瞬間にはもう白いしっぽが見えている。

木に登ったかと思えば、すぐに白い背中が現れる。

この状況にはさすがにアンタレスも『手分けして探そう』とは言いだせなかった。

もしかすると猿の毛が白いのは、校外学習イベントを無事にクリアするための健全強制力なのかもしれない。

このまま猿の棲《す》み処《か》まで行って、お腹をすかせた小猿にごはんをあげて終わりかなぁ、と思っていると。

突然、静かだった山の中から、動物たちの鳴き声が一斉に聞こえ始めた。

頭上で鳥たちがバサバサと飛び交い、仲間たちに伝令を発するように鳴いている。

そこここの茂みから、ウサギや狐などの小動物が飛び出し、山の奥から鹿などの大型動物まで姿を現した。

この状況には全員びっくりである。

「どうしたんでしょう？　急に、動物さんたちがたくさん……」

「なにか、この山に危険が迫っているのでしょうか？　もしかすると、熊などの大型肉食動物から逃げてきたのかもしれません。スピカ嬢、どうか僕から離れずにいてください」

「それなら来た道を引き返したほうがいいよな、ベル」

「熊なら死んだふりをしたほうがいいかなぁ、アンタレス？」

「意味がないからやめて」

ちなみにアンタレスの読心能力は動物には対応していないので、もしも本当に熊が出現するとしても、予測することは出来ない。

動物たちはどんどん私たちの周りに集まり、とある方角をじっと見つめている。

追い掛けていたあの白い猿も、盗んだものを地べたに置いたまま、なにかを待ちわびるように立ち止まっていた。

とても異様な光景だった。

こういう時、一体どうしたらいいんだろう？

正直、私は山を舐《な》めていた。こんな危険があるなんて……。

ビビって周囲を見回していると、アンタレスが私の手をぎゅっと握ってくれる。

「アンタレス、どうしよう……」

「大丈夫。ノンノは僕がちゃんと逃がすから」

アンタレスも異常な状況に緊張し、強張《こわば》った表情をしていた。

自分でも恐怖を感じているだろうに、アンタレスは私に甘過ぎる。私を逃がすためなら、自分を犠牲にしてでも時間稼ぎをすると言っているのだ。

「や、やだぁ……！」

私は悲しくなって、アンタレスにぎゅうっと抱きついた。

「アンタレスを犠牲にするくらいなら、私が盾《たて》になるよ……！　熊だろうと狼だろうと、全部の危険からアンタレスを守るよ！　だからアンタレスが逃げてぇぇぇ!!」

山の中にエロ本を隠そうだなんて、私はなんて馬鹿なことを考えていたんだろう。

大好きなアンタレスを危険な目に遭わせてまで達成したいスケベなことなんて、この世に一つもないというのに。

私に熊を倒す力はないけれど、アンタレスを逃がす時間くらいは稼がなくちゃ……！

「ノンノ……」

「ごめんなさい、アンタレス。私がいけなかったのっ。裏山にエロ本伝説を作りたいだなんて我《わ》が儘《まま》を言わなければ、アンタレスはこんな危険なことに巻き込まれなくて済んだのに……！」

「うん。それに関しては最初から本当にくだらなかったけれどさ……。ノンノをあまり強く止めなかった僕も悪いんだ。ゲームイベントだからと油断してしまった」

「アンタレスぅぅ……！」

「でも、僕は僕自身のことより、ノンノの無事のほうが大事だから。いざとなったらノンノが逃げて、助けを呼びに行くんだよ」

「いやだぁぁ!!　うわぁぁぁん!!　熊だって、筋張ったアンタレスより、私のお肉のほうが美味しいよぉぉぉ!!」

「ノンノ、いい子だから……」

アンタレスの腕の中でべそべそ泣き、鼻水を垂らしていると。

突然アンタレスが「あっ！」と声を上げて、目を丸くする。

彼は急いで背後を振り返った。

「そういうことか……」

アンタレスが脱力しながら呟《つぶや》いた。

「え？　なにがどうしたの、アンタレス？」

「ノンノ、鼻水」

アンタレスがポケットからハンカチを取り出し、私の鼻水をぬぐってくれた。

そして疲れたように笑う。

「動物たちの王が来るんだよ」

アンタレスのその言葉のあとに、近くの茂みからガサガサと音がして、一人の青年が姿を現した。

左頬におどろおどろしい黒いアザを持った三学年の先輩、プロキオン・グレンヴィル公爵令息である。

プロキオンはなぜか金色の毛並みの熊に跨《また》がっていた。その後ろにはもう一頭、薄茶色の熊が付き従っている。

彼が私たちの味方であることは分かっているが、本物の熊が怖過ぎてガタガタ震えてしまう。

『この裏山、本当に熊がいたんだ!?』という衝撃と、『プロキオンはなんで熊を手懐《てなず》けているんだろう?』という疑問で、頭がうまく回らない。

プロキオンが現れた途端、待機していた山の動物たちが一斉に歓喜の鳴き声を上げた。その様子は王の帰還を喜ぶ臣民のようであった。本当に意味が分からない。

プロキオンの心が読めるアンタレスと、この世界のヒロイン・スピカちゃんは、彼の登場をすぐに受け入れていたが。

サプライズゲストの衝撃的過ぎる登場方法に、ベルベルとモンタギュー様は、私と同じように顔を真っ青にして震えていた。

「なぜ……っ、プロキオン・グレンヴィル様がここに……っ⁉」

「俺たち、このまま山で『呪われた黒騎士』に殺されちまうんじゃねぇか⁉」

ひそひそと交わされる彼らの言葉などまったく聞こえない様子で、プロキオンは金色の熊の背から降りた。

そして、友達であるスピカちゃんとアンタレス、私、と順番に視線を合わせてから口を開く。

「共に食事をしたいと思い、……来てしまった」

プロキオン流『会いたくて♡　来ちゃった♡』という台詞であった。

きみ、本当に可愛いやつだなぁ。

どうやらプロキオンは三学年として上級者登山コースを登り、原っぱに到着後、スピカちゃんを探して山の中に入ったらしい。

その途中で熊に出会い、ここまで道案内してもらったそうだ。

「この熊は以前、怪我しているところを私が保護して野生に還《かえ》した〝モジャ〟と〝モジャモジャ〟だ。今はこの山で暮らしているらしい」

モジャ感はどこにもないのですが。〝モフ〟と〝モフモフ〟のほうが近いのでは？

遠い目をする私の横で、アンタレスが「例のあれ、熊だったんだ」と、なにかを納得したように頷いていた。

「この辺りで食事にするのか？」

開けた場所などない山の中で、プロキオンはきょろきょろと周囲を見回す。

スピカちゃんが首を横に振った。

「プロキオン様とも一緒にお食事をしたいのですけれど、実は、ランチの途中でノンノ様の蜂蜜レモンがお猿さんに盗まれてしまって……。私たち、取り返すために追い掛けてきたんですっ」

「猿に……？」

「あそこにいる、白いお猿さんです！」

スピカちゃんがむくれた顔をして、白い猿を指差した。

プロキオンがそちらに視線を向けると、猿は気まずそうに顔を逸《そ》らす。

「猿よ、盗んだものを返すんだ」

「ウキィ……」

動物界の王プロキオンの命令に、白い猿は渋々といった表情で盗んだものを運んでくる。

そして「ウッキィ！」と頭を下げて、私たちに謝罪した。

「もう人のものを盗んではいけませんよ、お猿さん」

「ウキキィッ」

きっと白い猿は一家でこの裏山に引っ越してきたばかりで、食べ物がどこで採れるかまだ分からなかったんだろう。だからお腹を空かせた子猿たちのために魔が差してしまったのだ。

早く裏山の地理を覚えて、自分たちで食べ物を確保出来るようになるんだよ。頑張ってね。

こうしてプロキオンの介入により、ベルベルルートのイベントが途中で解決してしまった。

帰り道は他の動物たちが案内してくれたため、私たちは迷うことなく原っぱへと戻ることが出来た。

その後、ベルベルとモンタギュー様が真っ青な顔でプロキオンの様子を窺《うかが》い、スピカちゃんと親密そうな雰囲気にさらに衝撃を受けて青くなる、という状況の中で、私たちはランチを再開した。

スピカちゃんの手料理はやっぱり美味しくて、蜂蜜レモンも好評で、めでたしめでたしである。

さて、……リュックの中のエロ本、どうやって処分しようかなぁ〜。

食後のお茶を飲み、広い青空に浮かぶ雲の流れを見るともなしに見ながら、私は思った。

▽

『婚約者と二人きりで辺りを散策したいから』と言って、私とアンタレスは皆から離脱することに成功した。結局当初の予定通りである。

ベルベルとモンタギュー様がずっとプロキオンに怯《おび》えていたので、離脱するのはちょっと罪悪感があったけれど。

私たちがいなくなったあと、四人でどんな会話をするのかなぁ。さっきは全然喋《しゃべ》っていなかったし。

でも、スピカちゃんがヒロイン力を遺憾《いかん》なく発揮して、彼らの橋渡しをしてくれるかもしれない。

モブの私がでしゃばることもないよ。なるようになるって、うん。

「それでノンノ、本当に裸婦画を山の中に隠さなくていいの？」

「うん。もういいの。私の我が儘に巻き込んでごめんね、アンタレス」

「いいよ。昔から慣れてるから」

熊が本当に棲息している山にエロ本を隠すのはとても危険だ。

もし本当にエロ本伝説が出来てしまったら、探索する冒険者も危険な目に遭ってしまうかもしれない。

私のしたことで傷付く人が出たら、私は絶対に後悔してしまうから。

だから潔《いさぎよ》く、エロ本伝説は諦めよう。

「でもね、けっこう頑張って描いたから、アンタレスには見てほしいな」

「ええ……」

「ちょっとだけでいいから〜」

そのまま原っぱを突き進み、私とアンタレスが辿り着いたのは、小さな滝がちょろちょろと流れる岩場だった。

滝の下には澄んだ水溜まりがあり、とてもきれいだ。

水溜まりの水面には木々の影が映り、風が吹く度に表面にさざ波が生まれる。

私はちょうどいい高さの岩にリュックを置くと、中から『エロ本』と命名した封筒を探す。バレないように奥深くに隠したのだ。

「いでよ、自家製エロ本！」

封筒から一枚絵をスパンっと取り出し――……勢いをつけ過ぎて、私の手の中から吹っ飛んでいった。

「ああっ！　私の不〇子ちゃんがっ!!」

エロ本が吹っ飛んでいった先は、運悪く例の水溜まりであった。

ぺちょり、とエロ本が水の上に落ちる。

そのまま濡れて沈んでいくかと思いきや、突然、水溜まりの底から黄金の光が放たれた。

「なにこれぇ!?　超常現象!?　怖っ!!」

「ノンノ、岩場から離れてっ！　まさか山の神様の怒りに触れたとかじゃないよね!?」

大聖堂の聖樹みたいに、スケベな人間が清らかな場所に行くと異常事態が起こるんですかね？　健全世界のバグですか？

怯える私と、警戒しているアンタレスの脳に直接、女性の綺麗な声が聞こえてきた。

《この水溜まりに落としたのは、『普通のエロ本』ですか？　それとも『素晴らしいエロ本』ですか？》

「金の斧《おの》展開だぁぁぁぁ!!!」

「え、なにそれ。斧だなんて物騒だな。危険なイベントなの？」

「危険だなんてとんでもない‼　正直者に幸運が訪れる童話ですっ‼」

昔々あるところに、心優しく正直者の木こりが住んでいた。

ある日、木こりがうっかり川に鉄の斧を落としてしまい、女神様が川の中から現れる。

女神様が『あなたが落としたのは金の斧ですか？　銀の斧ですか？』と尋ねると、木こりは『鉄の斧だ』と答えた。

木こりの正直さに感動した女神様は、金の斧と銀の斧も木こりに贈ることにした。

正直者であるがゆえに得をするという、心温まる童話である。

というわけで、私は正直に答えた。

「女神様ーっ、私が落としたのは『普通のエロ本』ですー‼」

これできっと、女神様からもっとスケべな『素晴らしいエロ本』がもらえるはずだ！

ニヤニヤして待つ私に、女神様は期待通りの答えをくださった。

《正直者のあなたには、『普通のエロ本』ではなく『素晴らしいエロ本』を差し上げましょう》

「やったぁっ！」

飛び跳ねる私の横で、アンタレスは複雑そうな表情をしていた。

そんなに心配しなくても、ちゃんとアンタレスにも『素晴らしいエロ本』を貸してあげるからね！

女神様の言葉のあとに、水溜まりの中から黄金に輝く『素晴らしいエロ本』が姿を現した。

もとはエロ本とは名ばかりの一枚絵なので、『素晴らしいエロ本』とやらも同じ一枚絵のようだ。

ピカピカと宙に浮いている。

私は手を伸ばし、紙を恭《うやうや》しく受け取った。

『素晴らしいエロ本』から光が少しずつ収まり、その全容を露《あらわ》にしていく……。

なんと、私の渾身《こんしん》の力作が、抽象画に加工されていた――!!

この世界も加工技術がすごいですね――!?

「まさかそんな……っ!!　あんまりです、女神様ぁ……!!」

アンタレスは膝《ひざ》をつく私を見て、

「僕はそんなことだろうと思っていたけれどね」

と、溜め息交じりに呟いた。


健全強制力で抽象画に加工されてしまったエロ本を胸に抱え、私たちはとぼとぼと原っぱへ戻った。

そこでばったり出会った美術教師が私のエロ本に気付き、狂喜乱舞した。

「ジルベストさん、この素晴らしい裸婦画は一体どうしたんですか!?」

「……山で拾いました」

「ああ、もしかすると神様が地上に残した聖遺物かもしれません!!　ジルベストさん、これはとても偉大な発見ですよ!!」

「もしよろしければ、先生に差し上げますわ……」

「いえ、これは全人類に見てもらわなければいけません!!　大聖堂と王立美術館にすぐに連絡しなければ!!」

私・作、水溜まりの女神・加工修正のエロ本は、大聖堂の鑑定の結果、神の聖なる力が確かに宿っていると認定された。

ただ、この国では多くの神がいろんなものに聖なる力をお与えになられるので、聖遺物としての価値はそこそこだった。

というわけで、大聖堂ではなく、王立美術館の裸婦画のコーナーに収蔵されることになった。

こうして貴族学園の裏山には、芸術の神が宿るという伝説が出来たのである。

幕間

アンタレスと呪いの付き合い方

Interlude

（誰か、助けてくださいー!!!）

校庭を歩いていると、そんな悲鳴を上げる心の声が聞こえてきて、僕は足を止める。

僕はノンノのようなお人好《ひとよ》しではなく、好奇心も旺盛ではなく、たいした行動力もないつまらない男だ。だから助けを求める心の声を聞いただけでは、すぐに動くこともない。

だって、悲鳴も涙も苦悩も絶望も、死にたがる誰かの心の声も、日常茶飯事《さはんじ》だから。

そんなことにいちいち反応していては、僕の心がすり減るだけだ。

けれど、今の悲鳴を上げた心の声の持ち主を、僕は少しだけ知っていた。

そして、もう一人聞こえてくる心の声の持ち主のことも、やはり知っていることに気が付く。

……仕方がない。少しだけ様子を見に行ってみようか。

もしも今、僕の隣にノンノがいたら、

「え？　あの二人が？　面白い組み合わせだからちょっと見に行こうよ、アンタレス！」

と、ワクワクしながら向かっていってしまうと思うし。

ノンノへの話の種になるなら、それでいいかな。

僕は悲鳴を上げる心の声が聞こえる薬草畑のほうへ、足を進めることにした。

（……綺麗な花だ。スピカ嬢に贈ったら喜んでくれるだろうか？）

（誰か助けてください!!　三学年の『呪われた黒騎士』様が薬草を見つめて微動だにしないのだけれど、呪いの儀式にでも使うつもりなのだろうか!?　怖くて言えないけれど、やめてほしいっ!!）

プロキオン・グレンヴィル公爵《こうしゃく》令息と、サム・ポーション男爵《だんしゃく》令息の心の声を聞き、僕はだいたいの状況を理解する。

どうやら薬草畑に植えられた花の美しさに足を止め、それをエジャートン嬢にプレゼントしたいグレンヴィル様と。

そんなグレンヴィル様の存在そのものにポーション様が怯《おび》えて、心の中で悲鳴を上げていたらしい。

ジャリ、と土を踏み締めた僕の足音を耳にして、二人ともこちらに振り向いた。

ポーション様は助けが来た歓喜で瞳に生気が戻り、グレンヴィル様も近づいてきたのが知り合いの僕であることに気付いてぽわぽわと喜んでいる。

「バ、バギンズ伯爵《はくしゃく》令息様！　こんにちは！　薬草畑にご用でしょうか!?　ジルベスト嬢は本日はまだ薬草畑に来てはおりませんが、お探しならお手伝いいたしますよ！」

ポーション様はグレンヴィル様の前から逃げ出したくて堪《たま》らないらしい。

「いえ。厩舎《きゅうしゃ》に馬の様子を見に行く途中だったのですが、知っている声が聞こえてきたので少し寄ってみたんです」

「ああ。そういえばバギンズ伯爵令息様は、選択授業は馬術でしたね。ジルベスト嬢から以前お聞きしたことがありま……」

「バギンズ、会えて嬉しい」

しゃがみ込んで花を見ていたグレンヴィル様が立ち上がり、こちらにやって来てそうおっしゃった。

ポーション様がギョッとしている。

まぁ、僕もノンノからグレンヴィル様のゲーム設定とやらを聞くまでは、ポーション様と同じように『呪われた黒騎士』に恐怖を感じていたので、彼の気持ちは分からなくもない。

ただ、顔の左半分を覆《おお》う黒いアザのおどろおどろしさや、グレンヴィル様の無表情さに目が慣れてしまえば、その心の声はとても穏やかだった。

こんなに静かな心の人は初めてだというくらい、彼は負の感情に揺れずにいる。

「お、お二人はお知り合いだったのですか……？」

それなら『呪われた黒騎士』様の対応をぜひお任せしたい、とポーション様が考えている心の声が聞こえてくる。

「はい。友人です」

ノンノから「プロキオンが私とアンタレスのことを友達認定したから、誘拐イベントが発生したんだよ」と、Wデートの終わりに起こった誘拐事件について裏事情を聞いていたので、僕はそう答えた。

実際に今、グレンヴィル様が僕の友人発言に喜んで、ぽわわわんといった雰囲気になっている。

花の美しさに釣られて来たことは知っているが、ポーション様への説明のために聞いておく。

「グレンヴィル様はなぜ薬草畑にいらしたのですか？」

グレンヴィル様は先ほど凝視《ぎょうし》していた花に再び視線を向け、「花が……」と口を開いた。

「そこに咲いているピンク色の花がとても美しかったから、眺めていた」

(えええぇぇ!?『呪われた黒騎士』様に花を愛《め》でる心があったのか!?)

ポーション様が分厚い眼鏡の奥の瞳を大きく見開いた。口もぽかんと開いている。

「きみはこの薬草畑の管理をしているのだろうか？」

「えっ!?　いえ、管理人さんは他の方なのですが、私はそのお手伝いをさせていただいておりまして……！」

「この花を少し分けてもらうことは出来ないだろうか？　費用は我が家に請求してくれ」

「お分けすることは出来ますが……。あの、大変失礼ながら、グレンヴィル公爵令息様はこの花を一体どうなされるおつもりでしょうか……？」

「大切な人に贈りたい。このピンク色が、彼女の髪の色によく似ているんだ」

言われてみると、エジャートン嬢の髪はこの花のような色だったかもしれない。

納得している僕の傍《そば》で、ポーション様のいつものポエムが暴走を始める。

(私というやつは、なんて愚かな人間なのだろう。グレンヴィル公爵令息様の悪魔のような見た目に惑《まど》わされ、勝手に、薬草で呪いの儀式を行うなどと想像するなんて……！ ああ、そんな酷《ひど》いことを考える私のほうが、まるで悪魔ではないか。こんな私では、やはり清らかなジルベスト嬢に選ばれるはずがなかった……。あぁ、私の天使……！)

他の男がノンノのことを想う気持ちなど、聞いていて楽しいものではない。ポーション様のポエムを打ち切るために、僕は彼に話しかけた。

「ポーション様、花を剪定《せんてい》するための鋏《はさみ》は納屋《なや》にあるのでは？」

「……あ、はいっ。今取ってきます！ 少々お待ちください、グレンヴィル公爵令息様！」

「ああ、頼む」

こうしてグレンヴィル様は、ポーション様から無事に花を分けてもらうことが出来た。

▽

厩舎に向かう道と校舎に向かう道は途中まで一緒なので、グレンヴィル様と並んで歩くことにな

った。

ピンク色の花を大切そうに持つグレンヴィル様の横顔は無表情だったが、心の声はご機嫌だった。

「バギンズ、きみに少し尋《たず》ねたいことがある」

「……はい。なんでしょうか、グレンヴィル様」

話を聞く前からグレンヴィル様の心の声が聞こえていたので、少し笑いそうになったが、僕は口許を引き締める。

「ジルベスト嬢に掛けられた強力な呪いのことだ」

大聖堂での一件以来、彼はずっとノンノのことを呪い持ちだと思い込んでいる。

まぁ正直、彼女の飽くなき性への探求心は、呪いと呼んでも間違いではないのかもしれないと、僕は思っていた。

ノンノは呪われている。前世の後悔に。

その後悔の内容が普通の人から見れば馬鹿みたいなものだし、ノンノ本人が明るく騒いでいるから、悲惨さを感じずにいられるだけだ。

若くして亡くなり、前世の家族も友人も便利な世界も失って、生まれ変わってもその記憶を抱《かか》えて生きなければならないなんて。……僕には無理だ。

もしもノンノを残して十八歳で死んだ記憶を持って、別の世界に生まれ変わってしまったとしたら。

そう想像するだけで、心臓が氷のように冷たくなる。

「きみはジルベスト嬢の呪いのことを、どう思っているんだ？」

「そうですね。あまり気にしていません」

ノンノ以外の誰にも打ち明けるつもりはないけれど、僕の読心能力だって、呪いと同じだ。

グレンヴィル様はエジャートン嬢からの愛で呪いが解けるらしいが。

例え僕がゲームのようにエジャートン嬢と結ばれても、僕の能力が消えることはないだろう。

僕は一生呪われ続ける運命だ。

ノンノが抱える呪いより、面倒な呪いを掛けられてしまっていると思う。

僕だって、自分の心を他人に読まれるとしたら、ものすごく嫌だ。

読心能力を持つ側《がわ》の僕でさえそう思うくらい厄介な呪いなのに、ノンノはたいして気にせず僕の傍にいてくれる。

出会ったばかりの頃に、僕はノンノに尋ねたことがある。

僕に心を読まれることは嫌なんじゃないか？

僕の前ではそのことを考えないようにしているだけで、やっぱり本当は僕のことを化け物だと思っているんじゃないか？　と。

「嫌っていうか、ふつうに恥ずかしくはあるよ。心を読まれるのって、裸以上に裸になってる気がするもの」

ノンノはそう答えた。

「でも、恥ずかしいからって、別にアンタレスの友達をやめる理由にはならないよ。私、前世では結構真面目《まじめ》でね？　えっちなことは十八歳以上になってからと思って、セクシー下着も買わず、友達のえっちな話にも参加せず、動画も画像も検索せずに生きてきたわけですよ。なぜって、本当はスケベなことに興味津々《しんしん》な自分のことが、恥ずかしかったから。親にも友達にも、そんな自分をバレたくなかったから。でも、そうやって恥ずかしい思いをしないように生きていたのに、結局十八歳で死んじゃって……悟ったよね。恥をかいて生きてもいいやって」

幼いノンノはいつもの困り笑顔を浮かべて、胸を張った。

「だから、アンタレスに心を読まれることは恥ずかしいけれど、自分自身の恥ずかしさより、アンタレスと楽しく過ごすほうが何百倍も大事なの。私は現世を、恥をかいても後悔だけはしないように、生きていくの」

僕はノンノのその言葉に、どれほど救われただろう。

羞恥心《しゅうちしん》とは、時に自分の人生を台無しにしてしまうことがあるほど強い感情だ。

ありのままの自分を世界から覆い隠してしまいたいという気持ちは、恐怖や不安といった精神的苦痛を伴い、自己肯定感を損《そこ》なわせていくからだ。

けれどノンノは僕と友達でいるために、その羞恥心に耐えてくれると言ったのだ。

僕はとても嬉しかった。

そんなふうに僕のことを受け入れてくれたノンノが、呪われて少々破廉恥《はれんち》なことを考えているくらいでは、全然離れる気にはならない。

度が過ぎるようであればいつでも説教をするつもりはあるが、正直ノンノは閨事《ねやごと》に関して大した知識がないので、今は見守っているだけで大丈夫だろう。

むしろ彼女が前世の後悔を覚えていなければ、僕は彼女に化け物扱いされて、深い心の傷を負うはずだったのだ。

ノンノが呪われていて良かったとさえ、思ってしまう。

「僕はノンノ嬢の呪いごと、彼女を愛しているんです」

「そうか……。ジルベスト嬢は幸せだな」

ノンノと自分を重ねて羨《うらや》むグレンヴィル様に、「幸せなのは僕のほうです」と返した。

(私も、スピカ嬢に呪いごと愛され、選ばれる日が来ればいいのだが……。いや、これ以上は考えるな。心が揺れてしまう)

そんなことを考えて首を横に振るグレンヴィル様に、僕は声を掛けた。

「その花束、エジャートン嬢に喜んでいただけるといいですね」

「……ああ」

ちょうど分かれ道だったので、そこで校舎へ向かうグレンヴィル様の背中を見送った。

「……僕も帰りに花屋に寄ってみようかな」

帰りの予定を考えながら、僕は厩舎に向かった。

▽

「花屋に寄ったらチョコレートコスモスっていう花の、キャラメルチョコという品種があったから、ノンノにあげるよ」

「わぁっ、すごい！　茶色のお花だ！　ありがとう、アンタレス！」

「僕もグレンヴィル様を真似て、好きな子の髪と同じ色の花を探そうと思ったんだけれど。ノンノと同じ薄い茶色は見つからなくてさ。今日は同じ茶系ということで許して」

「全然いいよー！　すっごく可愛いもん。嬉しいっ」

「花言葉は『恋の終わり』『恋の思い出』」

「ちょっとアンタレス君や!?　花言葉がものすごく不穏なんですけれど!?　別れ話なら、泣いて喚《わめ》いて、この世の終わりまでも縋《すが》りつきますけれど!?」

「ふふ。……あと『移り変わらぬ気持ち』。僕的には一番最後のやつが、きみに贈りたい花言葉かな」

「もうっ、アンタレスったら本当に私が大好きなんだから！　私もアンタレスが大好きよ！」

「うん。いつもありがとう、ノンノ」

第三章 清らかになる薬

Chapter 3

裏山誕生からちょっとゴタゴタした日々が続いたけれど、そろそろ通常通りの生活に戻って、また執筆活動を再開しようと思う。

前作が結局純愛小説になってしまったので、バニーガールものにリベンジする予定だ。

なにせ隣国サーニ皇国のウェセックス第二皇子からいただいたバニーガール衣装のサイズ直しがそろそろ終わり、屋敷に届くらしいのだ。

隣国の古代衣装という珍しいものなので、依頼した業者から詳しく調べたいとお願いされ、直しが終わるまでに通常よりも時間が掛かってしまった。

業者にはぜひともバニーガール衣装を我が国に普及させていただきたいものだ。むふふ。

バニーガール衣装が届いたら、一人ファッションショーしよ〜。

衣装に合わせるのは黒ストッキングか、赤の網タイツか、はたまたガーターベルト付き白ストッキングか？　夢が広がるなぁ。

無限の可能性に悩みながら貴族学園に登校すると、Dクラスの前にお友達のサム様が人待ち顔で立っていた。

サム様は私を見つけた途端、ホッとしたように微笑んだ。

他のクラスを訪ねるのって妙に緊張するもんねぇ。

「おはようございますっ、ジルベスト嬢」

「おはようございます。サム様は登校時間がお早いのですね」

「薬草畑の世話があるので」

「ああ～、なるほど」

和《なご》やかに挨拶《あいさつ》を交わしてから、本題に入る。サム様はきっとDクラスの誰かに用事があって来たのだろう。私が呼んできてあげよう。

「サム様はDクラスにご用ですか？　どなたをお呼びしましょう？」

「あのっ、すみません。ジルベスト嬢に報告したくて、Dクラスまで来てしまいました」

なんと、用事がある相手は私だったのか。

ご迷惑だったでしょうか、と恐る恐る尋《たず》ねるサム様に、私は首を横に振る。

相変わらず律儀な青年だなぁ。

「報告とは一体なんでしょうか、サム様？」

「実は先日の校外学習で、新種の薬草を発見したんです!!」

「まぁっ!!!」

エロ本騒動の裏側で、サム様は幸運にも新種の薬草を発見していたらしい。

そういえば、私も蛍光ピンクのキノコを発見したのだが、どこに生えていたのか忘れちゃった……。

「今日の放課後、新種の薬草でさっそく薬を作ってみようと思うのですが、ジルベスト嬢も参加しませんか？」

「もちろん参加いたしますわっ!!!」

私は一も二もなく頷《うなず》いた。

今日の放課後は花嫁修業があるけれど、お義母様《かあ》に用事があっていつもより遅い時間に約束しているので、ちょうどいい。

エロ本伝説には失敗したけれど、媚薬《びやく》作りは絶対に成功させてみせる……！

▽

放課後、研究棟《とう》の一室をお借りすることになった。薬草畑の管理を手伝っている関係で、サム様には伝手《つて》があったらしい。

研究室には薬を調合するための道具がたくさん揃《そろ》っていて、実験し放題だ。

「ポーション様、僕たちはなにをすればよろしいでしょうか？」

水場で手を洗い終わったアンタレスが、サム様に尋ねる。

以前の私なら気軽にサム様と二人で媚薬作りをしていたと思うが、今の私はアンタレスの婚約者だ。他の男性と二人きりで媚薬作りをしてしまったら、それはさすがに浮気だろう。

『どうして僕以外の男と媚薬なんか作ったの!?』って、アンタレスが嫉妬するに違いない。

嫉妬したアンタレスに壁ドンされるのはむしろ嬉しいのだが、やっぱり婚約者を不安にさせるのはいけないことだと思う。

でも、どうしても媚薬は作りたいので、この場にアンタレスを招待したというわけである。

「きみが他の男性と二人きりになるのは嫌だけれど、媚薬作り自体を浮気と決め付ける気はさらさらないからね。どうせ失敗するんだし」

アンタレスがなにか不吉なことを言った気がするが、聞こえないわ。失敗はいつだって成功のもとだもの。

サム様は作業台の上に、新種の薬草が乗ったトレーを置いた。

めちゃめちゃ青く光り輝いているぞ、この薬草。

前世の中華料理屋さんのメニューにある青菜の炒《いた》め物は、実際はチンゲン菜や小松菜で、ふつうの緑色だったりするが、これは本物の青い葉っぱである。色としては紺碧《こんぺき》に近い。

「すごく青い薬草ですわね、サム様」

「そうなんです。原っぱから山頂に向かう登山道があったので登ってみたのですが、この薬草は山頂の入り口付近で、青く光り輝いた状態で生えていたんです。今もまだ発光していますが、土に生えている時はこれよりももっと強く光っていましたよ」

「とても見つけやすい薬草ですわねぇ」

それにしても、サム様は山頂まで登ったのか。

雪山も登れるくらいの重装備だったもんなぁ。

学者って結構アグレッシブな人が多いから、サム様も将来は大物になるに違いない。媚薬を完成させて、シトラス王国にスケベ文明開化の鐘を鳴らしたりするんだ。きっと。

「毒性がないことはきちんと確認したので、今日は薬草の成分を抽出《ちゅうしゅつ》する実験をしてみようと思います。とりあえず、煮出すやり方から試してみましょう。お二人とも、まずは薬草を刻んでいただけますか？」

「はいっ、サム様！」

「承知しました」

アンタレスと手分けして薬草を刻み、刻んだ薬草を水と一緒に鍋に入れて煮出していく。煮出す時間を変えて、抽出された成分を何度も調べるらしい。

良い媚薬成分が抽出されるといいなぁ。

サム様は他の抽出方法で実験するようで、別の作業台で薬草を乾燥させたり、アルコールに漬けたりしていた。

ところで、私の横で鍋の火加減を調節しているアンタレスなのだが、制服が汚れないように本日は白衣を着用している。

白衣を!!　着ているのである!!

ひぇぇぇ、とってもえっちな光景です！　眼福《がんぷく》です！

アンタレスはもともと中性的なイケメンだし、背も高くて足も長くて、前世だったら道を歩いているだけでスカウトが殺到するレベルの格好良さなのだが。白衣のせいでセクシー度が二割増しである。

貴族学園の制服も白を基調としたジャケットなので似たようなものかもしれないが、それでも私の目から見ると、やはり白衣は格別にえっちに思えた。

禁欲的な白衣から滲《にじ》むアンタレスの色気に、私の瞳はハート状態になる。

はわ〜♡　白衣アンタレス先生に押し倒されたいぃぃ〜♡

私がそう思った途端、アンタレスが真っ赤な顔で「ゴホッ」と咳《せ》き込んだ。

「そういうことを考えるのはやめて！　婚約の祝福のせいで、僕がきみに手出し出来ないのを知ってるでしょ!?」

だって自然と思っちゃうんだもん。

私がスケベなのは昔からのことなんだから、今さら狼狽《うろた》えないでほしい。

「昔の話じゃなくて、僕が今この瞬間、生殺し状態だって話をしているんだよ……！」

アンタレスは私の服を指差すと、

「だいたいノンノだって白衣を着ているじゃないか！」

と言いだした。

「自分だって着ているんだから、そんなに僕のことばっかり……、そんなふうに思わないでよ」

「じゃあ、アンタレスも私の白衣姿をえっちな目で見ていいよ？」

女医さんとか萌《も》えるもんね！

アンタレスも、えっちなノンノ先生を妄想すればいいと思う！

「ほらほら。私で好きなだけえっちな妄想をして！『いけないわ、アンタレス君！　私とあなたは、ただの医者と患者の関係なのよ？』『僕はもう我慢出来ません。好きです、ノンノ先生！　愛しているんだ……っ!!』……」

「無責任に僕を煽《あお》らないで……！」

そうこうしている間に出来上がったのが、こちらの新薬です！

薬草を煮出した煎《せん》じ薬だ。薬液の色はバタフライピーティーのように真っ青で、液体になってもまだピカピカと光っている。

煮出す時間を変えたものを何種類か作り、薬草の成分が一番濃く出たものをグラスに移した。

グラスを持ち上げたサム様が、ワクワクした様子で言う。

「新薬を一番最初に試すことが出来るなんて、私はとても幸運です。この薬草の効果がハッキリと分かったら、いろんな薬草と混ぜて、既存の薬を改良することが出来たりするかもしれません！」

毒性がないとはいえ、新薬を一番最初に飲むのはなかなか勇気がいることだと思うのだが。サム様は薬草学オタクなので、とても生き生きとしていた。

「それでは、お先にいただきます」

料理ではないので、遠慮なくお召し上がりくださいと言うのは変だろうか？

そんなことを考えているうちに、サム様は青い新薬をぐいっと飲んだ。

「わぁっ！　新薬を飲んだら、頭の中がスッキリして、とても爽《さわ》やかな気分になってきました！」

ミントタブレットとか、清涼剤みたいな感じなのかな？

なぁ～んだ。媚薬成分はないのかぁ。がっかり。

時間を置いてサム様の様子を観察したが、体調に大きな変化はなかった。

「ジルベスト嬢とバギンズ様にも治験《ちけん》をお願いしてよろしいでしょうか？　同様の効果が現れるか、検証してみたくて……」

「もちろんですわ、サム様」

今回の新薬には残念ながら媚薬効果はなかったが、これからも新種の薬草を採取して地道に検証を続けなければならない。その積み重ねの先にしか偉大な成果はないのだから。

そんな地道な検証に挑んでくれるサム様のお役に立てるのならば、このスケベ、清涼剤くらいいくらでも飲んでみせましょう。

「あっ。ポーション様、申し訳ありません。僕とノンノ嬢はそろそろお暇《いとま》しなければ」

白衣の内ポケットから取り出した懐中時計を見たアンタレスが、制止の声を上げる。

どうやら次の予定が迫っているらしい。

ちなみにアンタレスが持っている懐中時計は、私が婚約指輪のお返しにプレゼントしたものだ。

やはり胸元から懐中時計を取り出す仕草は、セクシーで良いものだ。しかも今日は特別バージョンで白衣である。控えめに言っても最高だ。

「では、新薬を持ち帰って家で飲んでみますわ」

「ありがとうございます、ジルベスト嬢。じゃあ、薬瓶に詰めますね。あと、飲んでどんな効果が出たか、レポートをお願いしてもよろしいですか？」

「はい。もちろんですわ」

サム様は青い新薬を、首の長い薬瓶に移し替えてくれた。

遮光性のある緑色のガラス瓶のため、中にどれだけの量を入れてくれたのかよく分からないが、サイズ的に栄養ドリンクくらいの量だろう。

私とアンタレスの分で二本いただいた。

「割らないように気を付けて持ち帰ってくださいね」

「はーい」

「それではポーション様、僕たちはお先に失礼します」

今日は媚薬は手に入らなかったけれど、アンタレスの白衣姿が見られたので最高にえっちな日だったなぁ。

私は暢気《のんき》にそんなことを思った。

▽

「さぁ、いざ！　人類の夢、媚薬開発への大きな第一歩へ！」

「ちょっと待って、ノンノ」

お義母様との花嫁修業が終了し、バギンズ伯爵家《はくしやくけ》で夕食をいただいたあと、アンタレスの自室に移って二人で寛《くつろ》いでいるところである。

いつもならばもうとっくにバギンズ伯爵家を辞している時間帯だが、どうしても例のものを試したかったので長居している。

お茶を運んできた侍女《じじよ》が部屋から去っていったのを確認してから、私は薬瓶を取り出した。

「ポーション様が飲んだとはいえ、新薬でしょ？　あの場では言えなかったけれど、せめてもっと治験に参加した人が増えてからにしたら？　毒性はないとはいえ、まだよく分からない薬草なんだから」

「でも、すでに飲んだサム様が、爽やかな気分になるだけだって言ってたし。アンタレスから見ても危険そうには見えなかったでしょ？」

「それはまぁ、そうだけれど……」

「嫌ならアンタレスは飲まなくていいよ。私は飲むから」

私が言うと、アンタレスは「……分かった」と姿勢を正した。

「僕も一緒にその新薬を飲むよ。一本ちょうだい」

「飲んだらアンタレスもレポートを書いてね。媚薬研究の大事な資料になるんだからっ」

「はいはい」

アンタレスにも薬瓶を渡し、私は改めて気合いを入れ、薬瓶の蓋《ふた》をキュポッと外した。

「輝かしい未来のためにっ！　ノンノ・ジルベスト、飲みますっ！」

「あ、本当だ。爽やかな味がする。この味、僕は結構好きかも」

「ええっ、アンタレスが先に飲んじゃったの!?　乗り気じゃなかったのに!?」

「きみのための毒味だよ」

私も慌《あわ》てて薬を飲んだ。

液体が舌に触れた途端、ライムやミントを使ったデトックスウォーターのような爽やかな味が口の中に広がった。

なんだか、涼しい空気が自分の体内を通り抜けていったかのように気持ちがシャキッとする。

頭の中がスッキリして、確かにすごい爽快感だ。なんだか生まれ変わったかのように、心が――

……。

あれ……。

あれ、なんだか……。私……。

「ノンノ……？　きみ、一体どうしたの？」

アンタレスが不思議そうな表情を浮かべて、私のほうを覗《のぞ》き込んでくる。

いつもならアンタレスに見つめられると嬉しくて、胸がドキドキして、幸せでいっぱいになるのに。

今はアンタレスに見つめられるだけで――……、顔から火を噴きそうなくらいに恥ずかしい……っ!!!

「ノンノ!?　きみ、本当にどうしたんだ!?　なんなの、その思考!?」

「いやっ、私に顔を近づけないでアンタレスっ!!　恥ずかし過ぎて死んじゃうよぅ!!」

「はぁっ!?」

「私ったら、信じられない!!　嫁入り前の身なのに、アンタレスの自室で二人っきりになるだなんてっ!!　私、どうかしていたのっ!!　こんなの、とってもふしだらだわっ!!!」

「ノンノがどうかしてるのも、ふしだらなのも、子供の頃からじゃないか!!」

アンタレスは私を落ち着かせようとして、肩に手を伸ばしてくる。

私は思わずアンタレスの手をバシッと力一杯撥《は》ね除《の》けてしまった。

「私に触らないでっ！」

びっくりするほど強い拒否反応が心の中に生まれた。

どうしてもアンタレスに触れられたくなかった。

私の言葉に、私の心に、アンタレスの表情が抜け落ちていく。

「あ、ご、ごめん、なさい……」

「…………」

最悪だ。

アンタレスを傷付けてしまった。私って最低の人間だ。

けれど、だけれど、――堪《こら》えられないほど恥ずかしい!!!

アンタレスの傍《そば》にいるだけで恥ずかしい。

そのエメラルドのような綺麗な瞳に自分が映っていると思うだけで、平常心ではいられない。

ドキドキし過ぎて、胸が苦しくて、アンタレスに触れられたら泣いてしまいそう。

彼の部屋で二人っきりで同じ空気を吸っていると思うだけで、緊張でいっぱいになる。思うように話せない。

好き。大好き。

アンタレスが大好き過ぎて、もうどんなふうに接すればいいのか分からない。

「……ノンノ？」

名前を呼ばれただけなのに、キュンッと胸が甘く高鳴った。

何度でもその声が聞きたくて、同時にアンタレスの目の前から逃げ出したくて、堪《たま》らなくなる。

今までの私は、どうして平気でアンタレスにくっついていられたのだろう？

二人っきりで過ごすどころか、下心満々でハグをねだり、自分からもキスをしたり。

見つめたくて、見つめられたくて。

触れたくて、触れられたくて。

お喋《しゃべ》りしたら止まらなくて、アンタレスの話ならなんでも聞きたくて。

どうしてそんなに心のままに、アンタレスを愛することが出来たんだろう？

今の私には無理だ。

そんな恥ずかしいこと、出来るわけがない……!!!

「……ノンノ、なんだか純情になってない？」

アンタレスは非常に困惑《こんわく》した表情になっていたが、私は構わずソファから立ち上がった。

「私！　もう帰る！　実家に帰りますっ！　アンタレス様、ごきげんよう！」

「は？　ちょっと待っ……」

アンタレスの呼び止める声には応じず、私はバギンズ伯爵家を飛び出して、我が家の馬車に逃げ込んだ。

あぁぁ〜!!　もぉぉぉ〜!!

どうして私は今まで平気な顔をして、アンタレスの前でスケベなことを考えていられたんだろう!?

信じられない、私のばかばかばか～!!

これからはアンタレスの婚約者として、清く正しい淑女として生きなくちゃいけないわ!!

彼に相応《ふさわ》しい女になるのよ、ノンノ!!

手始めに、コレクションしていたセクシー下着を全部捨てましょう!!!

清純になった私の大暴走が始まった。

▽

「セレスティ、私は生まれ変わりました！ アンタレス様に相応しい淑女になります。というわけで、生活態度を改めます！ まずは手始めにクローゼットの中身を大処分よ！」

「はぁ……。かしこまりました、ノンノお嬢様」

屋敷に帰宅すると、私はさっそく侍女のセレスティにそう宣言した。

アンタレス様の隣に立っても恥ずかしくない貞淑《ていしゅく》な令嬢になるために、まずはセクシー下着とおさらばするのですわ！

セレスティは特にやる気もなさそうな様子で頷き、私の下着専用クローゼットを開けた。

ドレスは別の衣装部屋があるので、全てのスペースにぎっちりとセクシー下着が詰め込まれている。未使用の下着も多く、毎日着用したとしても数年分はありそうね。

シルクオーガンジーで作られたスッケスケの黒いスリップや、ほぼなにも隠せない布面積のショーツ、おっぱいを寄せて上げる気などまったくない総レースのブラジャー。

王宮御用達《ごようたし》のデザイナーがランジェリーショップとコラボした時の貴重な限定品や、春季デザインのミモザの刺繡が可愛くて色違いも全色購入した下着一式、上級貴族でもなかなか手に入れられない雪国シルクを使ったシュミーズに、隣国から輸入された特殊な染色のガーターベルト……。

どの下着を見ても、やっぱり破廉恥《はれんち》過ぎますわ!!

以前の私はなにを考えて、こんなにえっちなものを買い集めていたのかしら!?

アンタレス様には見せられないものばかりだわ……。

ハッ！　駄目よ、ノンノ!!　アンタレス様に下着姿を見せることを考えるなんて、とてもえっちだわ!!　淑女はえっちなことを考えちゃいけないの!!　煩悩《ぼんのう》退散!!

私は首をぶんぶんと横に振り、淫《みだ》らな思考を頭から吹き飛ばした。

「このピンクのベビードールもいらないわ！　こっちのほぼ紐《ひも》のTバックも必要ありません！　大切にし過ぎて一度も着たことがない、超弩級《ちょうどきゅう》のセクシー下着も捨てますわ！」

「まぁ、ノンノお嬢様ったら。あれほどかたくなに下着の趣味を変えようとなされませんでしたのに……。本当に捨ててよろしいのですか？」

「ええ。私は本気です。全部捨ててちょうだい、セレスティ！」

私がクローゼットからすべての下着を取り出すと、床の上にこんもりと山になった。

「ノンノお嬢様もついに大人になるのですねぇ」

セレスティが感慨《かんがい》深そうに言う。

「お小さい頃からノンノお嬢様は、ファッションセンスがまったくありませんでしたからね」

「まぁセレスティったら、長年仕《つか》えているお嬢様に対してとんでもないことを。うふふ」

「以前のノンノお嬢様は、まったく似合わない露出の激しいドレスをほしがってばかりで……。奥様とマーガレットお嬢様と一緒に何度もお止めしましたね。九歳の頃にはお召し物を身に着けるのも嫌になったご様子で、裸で眠って厄介な風邪をひかれたこともありました。覚えていらっしゃいますか？」

「いやだわ、セレスティ。昔のことじゃない」

私は子供の頃、お色気お姉さんのように裸で眠ることに憧《あこが》れて、実践《じっせん》してみたことがあった。大変愚かだったのです。

その結果、高熱が三日三晩も続き、アンタレス様がお見舞いに来た時にはあまりの体調の悪さに泣き喚《わめ》いたりしたものだ。

「もぉぜっだいに、でんぜづの女優ざんみだいに『寝るときにまとうのは香水だけ』なんでじまぜんンン……」

私のガラガラに掠《かす》れた声に、アンタレス様は、

「ノンノ嬢、もう喋らなくていいですよ。だけれど絶っっ対に今日の約束は破らないでください」

と念を押した。

今思い返してみると、自分の墓穴を掘りたいレベルの過去だ。

「そんなノンノお嬢様が方針転換ですか。これは全身全霊で応援してさしあげなければなりませんね」

セレスティはそう言うと、私にウィンクをしてみせた。

そして二人で手分けして大量の下着を箱に詰めると、ようやく床の上がきれいに片付いた。

「ではノンノお嬢様、こちらの下着は庭の焼却炉で燃やしておきますね」

「ありがとう、セレスティ！　よろしくお願いね！」

赤々と燃えて浄化されておくれ、今までの私の煩悩よ！

セレスティは大きな箱を抱《かか》えると、退室していった。

空っぽになったクローゼットを眺め、私はとても満ち足りた気分になる。

これから頑張って、清く正しく美しい淑女になりますわよー!!

▽

セクシー下着を全捨てし、ピーチパイ・ボインスキーの著書を封印し、未完成の原稿や創作活動用の資料は使われていない物置小屋に片付けた。

そして伊達《だて》眼鏡を掛けて髪を三つ編みにすれば、清純ノンノちゃんに転生ですわ。

「では、今日も学園へいってまいりますわ、お母様、マーガレットお姉様。そしてアシュリー」

玄関ホールで張り切って挨拶をすれば、母と姉、そして去年生まれたばかりの姪《めい》っ子まで、不思議そうな表情で私を見つめていた。

「ノンノ、今日はいつもより登校時間が早いのですね？」

「私ももうアンタレス様の婚約者ですから。いろいろしっかりしなければと思いましたの」

「三つ編みも伊達眼鏡も、とても似合っていますわ、ノンノ。アシュリーも、ノンノおねえちゃまのことがとっても可愛いと思っていますわよね？」

「あー、あぅー、のんー」

「ありがとうございます、お姉様、アシュリー」

小さな可愛いおててで私の三つ編みに触れようとするアシュリーの頭を撫でてから、私は屋敷を出る。

早めに貴族学園に登校すると、私は図書館に向かった。

何度かスピカちゃんと勉強会を開いている自習室を借りて、まずは授業の予習復習だ。もうすぐ二学期の中間試験もあるしね。

本当は、朝の時間は短いから教室で勉強したいのだけれど。昨日の今日だから、アンタレス様が教室に突入してくる可能性があるんだよね。

まだ彼と顔を合わせるには、私の淑女レベルが足りていない。

きっと、一目見た途端、私はアンタレス様が好き過ぎて狼狽《うろた》えてしまうだろう。破廉恥なことを考えてしまうに決まっている。

そんな私では、アンタレス様のお傍にいるのは相応しくない。今は頑張って淑女レベルを上げることに専念しなくては。

それにアンタレス様の婚約者になった私には、貴族学園の勉強以外にも学ばなければいけないことがある。お義母様から課題として渡された貴族名簿だ。これを覚えられたら、かなり淑女レベルが上がりそう。

私は授業の予習復習を終えてから、貴族名簿にも目を通す。

あっ、グレンヴィル公爵家《こうしやくけ》のプロフィールがあるぞ。プロキオンのおうちだ。バギンズ伯爵家にとって、かなり重要な取引相手のようだ。

なになに、公爵夫人であるエイダ様は美しい黒髪とトパーズ色の瞳の持ち主で、公爵から注文されるジュエリーの多くがトパーズを使ったもの……。そのトパーズを国外から輸入しているのが、バギンズ伯爵家なのか。ふむふむ。

私は朝礼が始まる時間まで、貴族名簿を読み耽《ふけ》った。

ポーション様が作った新薬を飲んでから、ノンノは人が変わってしまったように純情になってしまった。

一緒に飲んだ僕にはなんの変化もないし、ポーション様も特別純情になった様子はない。ポーション様と親しくしていたのはノンノなので、僕が普段の彼のことを詳しく知っているわけではないけれど。

▽

とにかく純情に激変したのはノンノだけらしい。

一体なぜなんだ……。

ノンノが僕の部屋を飛び出してから、僕は彼女に全然近付くことが出来ないでいる。

登校した彼女を捕まえるために生徒玄関で待っていたが、いつもの時間になっても現れない。

もしかすると新薬の影響で、ノンノの精神だけでなく体調までおかしくなってしまったのだろうか？

心配する僕をよそに、彼女はなんと普段より一時間以上も早く登校していたらしい。

登校直後が駄目ならば、休み時間を狙おう。

僕は授業が終わる度《たび》にノンノのクラスを訪ねたが、彼女は不在だった。

彼女のクラスメートから、

「ノンノ様なら、授業について質問があるとおっしゃって、教務室に向かわれましたわ。先ほどの授業中もとても熱心に質問されていたのですよ。私、とても感心いたしましたわ」

と、授業中の様子まで教えてもらった。

は？　ノンノが真面目に勉強をしている？

ノンノの成績は平均より少し上という程度で、優等生ではないが劣等生でもない。破廉恥そうな知識（例・数学の円周率π《パイ》）なら、どこまでものめり込んで覚えるが、それ以外の教科はノンノ曰《いわ》く『お父様に叱《しか》られないレベルをキープ』していた。

そんなノンノが熱心に教師に質問をする？

あの新薬にはノンノを清純にするだけではなく、真面目に勉強させる効果もあるのか？

おかしな状態の彼女を、このまま放っておくわけにはいかない。

次の昼休みこそ絶対にノンノを捕まえよう、と僕は心に決めた。


僕の読心能力の及ぶ範囲は、ざっと教室一部屋分くらいだ。結局ある程度ノンノに近付かなければ、彼女を捕らえることが出来ない。

だが、僕の読心能力は物や場所から残留思念を読み取ることも可能だ。

僕はノンノの教室から、彼女の残留思念を辿《たど》ることにした。

貴族学園は敷地が広く、本校舎や特別棟、図書館や研究棟や馬場など、たくさんの施設が点在している。中庭の数も多い。

ノンノは趣味で校内にいくつもの隠れ場所を用意していた。そこに潜《ひそ》んでヒューマンウォッチングをするのが好きなのだ。

今日もその隠れ場所のどこかに潜んでいるのだろう。僕は初めそう考えた。けれど、彼女の残留思念を追いかけても、なかなか本人の姿が見つからない。ノンノは小癪《こしゃく》にも、僕の残留思念による追跡を回避する対策を講じていたのだ。

つまるところ、ノンノは昼休みの間中、ずっと校内を徘徊《はいかい》していたのである。

『一カ所に留《とど》まっていたら、すぐにアンタレス様に捕まってしまうからね。まだ合わせる顔がないもの。移動しないと』

『ああ、でも、アンタレス様に会いたいわ。そしていつもみたいに、……駄目よノンノ!!　そんなえっちなことを考えては!!　彼に相応しい淑女になると決めたのでしょう!?』

『瞼《まぶた》を閉じるとアンタレス様の白衣姿が蘇《よみがえ》るわ……。あ〜、本当にえっちで最高……げふんげふん!　誘惑に負けては駄目ですわノンノ!!　正気に戻りなさい!!』

ノンノが通った場所には、彼女の残留思念がまだ色濃く残っている。清純になったせいで、心の声までお淑《しと》やかになろうとしていた。

気が付くと昼休みが終わり、午後の授業の予鈴が鳴った。

放課後もそんな調子でノンノを捕まえることが出来ず、気が付けばジルベスト子爵家《ししゃくけ》の馬車が彼女を乗せて学園を去った後だった。

なんなの、ノンノ？

今日一日、この僕を本気で避けてたというわけ？

ノンノが僕のことを避けたがっていたのは分かっていたが、実際にそれを達成されて逃げられてしまうと、腸《はらわた》が煮えくり返る。

あんなにいつも、僕のことが好きだと言っていたくせに。

僕と淫らなことがしてみたいと、毎日のように無責任に煽ってきてたくせに。

そのくせ口付け一つで息も絶え絶えになって、余計に僕の心をかき乱してくるくせに。

今さら恥じらって僕を避けるのは、人でなし過ぎるだろ。

明日は絶対にノンノを捕まえてやる。

僕はノンノに避けられて、たった一日で完全にキレてしまっていた。

▽

翌日。移動教室の時にノンノを見かけた。

彼女はなぜか三つ編みと伊達眼鏡を掛けていた。……なにそれ、すごく可愛い。予想外のノンノの姿に、僕はつい動揺してしまう。

視線が合った瞬間、ノンノは顔を赤くし、モジモジと後退《あとずさ》る。

ならば僕のほうから追い掛けるまでだ。

彼女に近付こうとすると、ノンノは「ぴゃあ！」と奇声を上げて素早く逃げていった。

あと数分で本鈴が鳴るという状況でまさか逃げるとは思わず、僕は唖然とする。授業はどうする気なんだ、ノンノ。

ノンノは授業をサボるタイプではないので、たぶん遠回りして教室を目指すと思うのだけれど、遅刻だろうな……。

結局、今日も学園にいる間にノンノを捕まえることは出来なかった。

なら次は、我が家に来た時にノンノを捕まえよう。さいわい、今日はノンノの花嫁修業の日だ。

ノンノの花嫁修業は僕の習い事と同じ時間帯で、終了時間も大体同じだ。勉強後に僕とノンノが一緒に過ごせるように、母が配慮してくださった結果である。

だから、いつものように花嫁修業が終わったノンノを自室に呼ぼうと思ったのだが――……。

「……帰った？」

「ええ、そうですよ。ノンノさんったら、とても熱心にお勉強してくださっていてね。今日教えるつもりだった内容も、すでに予習済みでしたの。おかげで予定より三十分も早く花嫁修業の時間が終わったのですよ」

「……それで、ノンノ嬢は帰ったと」

「いつものようにアンタレスとお茶をしていかないかと、お引き止めしたのですけれどね。屋敷へ帰ってもっとお勉強がしたいのですって。本当に良い子よねぇ、ノンノさんは。あの子がお嫁さんに来てくださることになって、お母様はとっても嬉しいわ」

「………………」

「あら、どうしたのです、アンタレス？　お顔が怖いですわよ。ノンノ様と一回お茶が出来なかったからといって、そんなに拗《す》ねなくてもいいでしょう？　貴族学園でも会えるのですから」

全然会えないから不機嫌になっているんだ、とは、母には言えなかった。

それからさらに一週間、僕は一度もノンノを捕まえられずにいる。

駄目元でジルベスト子爵家のほうも訪ねてみたが、ノンノは僕がやってきたことを知ると、屋敷の裏口から出ていってしまったらしい。……本当に、どうしてやろうか。

会話もなければ、肌の接触もない。ノンノの心の声さえ聞こえない。

さすがにノンノも僕から逃げ回るのはいけないことだという認識はあるようで、途中から交換日記なるものが届いたけれど。

書かれている内容が酷《ひど》かった。

『愛《いと》しのアンタレス様へ

そろそろ夏の名残《なごり》もすっかり消えて、涼しい秋風が吹くようになりましたね。アンタレス様はお変わりなくお過ごしでしょうか？

私は勉強の秋ということで、毎日頑張って予習復習をしております。清く正しく美しく。それが淑女というものですもの。

中間試験ももうすぐですね。アンタレス様も今頃、試験勉強に励んでいらっしゃることでしょう。どうかお体には気を付けてお過ごしくださいませ。

あなたのノンノ・ジルベストより』

ノンノが領地へ出掛けた時に手紙を出してくれたことはあるけれど、こんなにまともで薄っぺらい内容の手紙を受け取ったのは初めてだ。いや、交換日記か。

今まで彼女から送られてきた手紙の内容を思い返す。

『アンタレスへ
本日ジルベスト子爵領の屋敷で、カイルお義兄《にい》様から、ジルベストハニービーについて研究している教授とその奥様を紹介していただきました。

そのお二人から、とっっってもすごいお話を聞きました！

アンタレスは蜜蜂の交尾がどんなものか知ってる？

女王蜂がフェロモンでたくさんのオス蜂を呼び寄せるのだけれど、女王蜂は生涯で何度も交尾が出来るのに、オス蜂は生涯一度しか交尾が出来ないんだって。

なぜなら、交尾直後に生殖器がボンッと爆発してちぎれて、そのまま空中で死んでしまうから。

けれど女王蜂のほうは、そのあともたくさんのオス蜂と交尾を続けるんだって。

私は今日一日その話を思い返しては、女王蜂の悪女っぷりと、死ぬと分かっていて交尾をするオス蜂の根性に胸が熱くなります。

ちなみにオス蜂は交尾をせずに生き延びても、冬が来る頃には役立たずとして巣から追い出されて餓死するそうです。

私がオス蜂であったなら、女王蜂に貞操を捧げて死ぬほうを選ぶでしょう。

なんにせよ、私も蜜蜂のように、スケベにたくましく生きようと思いました！

それで明日から三週間ほど、私は野生のジルベストハニービーの交尾を求めて、教授たちのフィールドワークについて行くことになりました。

アンタレスから手紙が届いても、きっとすぐにはお返事が出来ないと思うけれど、私は野営地で元気に過ごしているはずなので、心配しないでください。

また王都で会いましょう！

追伸。今年の分の蜂蜜を手紙と一緒に送るので、バギンズ伯爵家の皆さんでどうぞ〜。

ノンノより』

本来の彼女らしさが迸《ほとばし》る手紙だった。

こんな交換日記の薄ら寒い内容より、蜜蜂の交尾の話のほうが百倍も良かった。

……ああ、なにこれ。

自分の精神状態が、すごく不安定なことがよく分かる。

ノンノの傍にいられないことに苛々《いらいら》して仕方がない。

なんできみ、僕の傍にいないの？

だってノンノは僕の女の子でしょ。

卒業したら結婚式を挙げるって約束した、僕の婚約者でしょ。

なのになんで、僕が避けられなくちゃならないわけ。

純情ってなんだよ？　今さら純情になったって遅過ぎるでしょ。

どれだけ長い間、ノンノの破廉恥な妄想を傍で聞き続けてきたと思っているの。十年だよ、十年。

破廉恥で構わないから、いつものノンノのままで僕の傍にいてよ。

またいつもの困り笑顔を見せてよ。

きみ、純情になってから全然笑っていないじゃないか。

なんで離れるの。なんで他の人とは平気で喋っているのに、僕だけ避けているの。

きみがまともな令嬢になることなんて、僕はちっとも望んでない。

ノンノ自身が省みて、自分を変えたいと努力するなら、なにも言わないけれど。今回は、あのよく分からない新薬のせいじゃないか。

善悪を弁《わきま》えた上で良からぬことを考え、欲望と常識の狭間《はざま》で翻弄《ほんろう》され、失敗し、反省し、それでもまた懲《こ》りずに欲望を抱える。そういう正直過ぎるノンノでいいのに。

お願いだから、また「アンタレスー！」って僕の名前を呼んで、僕の腕の中に飛び込んできてよ。

僕にきみの心の声を全部聞かせてよ。

ああ、……僕は本当に参っている。

▽

「ひょわわわわぁっ!? お許しください、アンタレス様～!!」

「誰が!! 許すかっ!!!」

今日の昼休みもアンタレス様に隠れて勉強をしようと思い、私は校庭へとやってきた。

すると、休憩用に設置されているベンチに、私がアンタレス様に提出した交換日記が置かれていたのである。

私はすぐさま、『あ！ アンタレス様が交換日記を書いてくださったのね！ 次は私の番だわ！』と思い、交換日記を拾い上げた。

まさかそれが巧妙な罠《わな》だったとは……!!

ベンチの近くの茂みに隠れていたアンタレス様が突如《とつじょ》姿を現し、怒髪天を衝《つ》くというふうに私を追い掛けてきたのです。

それで私は今、三つ編みを揺らしながら逃げているところ。

あっ。捕まってしまった。

もうどこにも逃げられないようにと太い木の幹に背中を押し付けられた私は、両腕で壁ドンしてくるアンタレス様を見上げた。

伊達眼鏡越しでも、アンタレス様がめちゃめちゃ怒っていることがよく見える。

「僕がなにを怒っているのか、ノンノは分かってるよね？」

……分かっています。

分かっていますが、やっぱりアンタレス様と一緒にいると、大好き過ぎて平常心ではいられない。

恥ずかしくてどうしようもなくて、逃げ出したくなってしまうんです。

せめて淑女レベルをカンストするまでは、アンタレス様と距離を置いていたい……。

「本当にそれがノンノの気持ちなの？」

アンタレス様が顔を近付けながら問いかけてきた。

「ノンノが今までの自分から変わりたいと本心から願うのなら、僕は別に止めない。きみの気持ちを尊重して応援するよ。だけれどさ、今のノンノはどう考えたって、ポーション様が作った新薬の影響でおかしくなってるだけでしょ？」

「ちっ、違います！　私は本当に心から、今までのスケベな自分を恥じて反省し、まっとうな淑女に生まれ変わりたいと思って……！」

「ノンノが破廉恥な自分を恥じること自体がおかしいって言ってるんだよ！」

アンタレス様はそう言うと、私が掛けていた伊達眼鏡を外してしまった。

「ノンノがどれだけ破廉恥なことが好きだったか、僕が思い出させてあげる」

「んんっ⁉」

いつもより強引にキスをされて、私は慌ててしまい……。

ああ、もう、淑女らしくするのなんて無理だよぉ！

アンタレスにキスされたら、思考がとろとろに溶けちゃうんだよぉ！

恥ずかしいのに、胸が痛いくらいにときめく。逃げ出したいのに、離れたくない。

自然と私の両腕がアンタレスの背中に回り、ぎゅうっとしがみついてしまう。

こんなの全然淑女じゃないのに、アンタレスのキスの熱さを必死で追い掛けてしまうの。

「……ノンノ、もっと」

「アンタレス……っ」

もう秋だというのに全身が汗ばんできた私の、制服のリボンがしゅるりと解かれる音が耳に聞こえてきた。

あぁ、なんだかますます、私たちの周囲に漂う空気が桃色になってきちゃった……。

狩りの最中《さなか》の肉食動物みたいな目付きをするアンタレスを、どうにか押し留《とど》めたいのに、私は指先までふにゃふにゃになってしまい、抵抗らしい抵抗が出来ない。

アンタレスの細く長い指が、そのまま私の襟元《えりもと》のボタンを一つ外し――……。

バチバチバチッッッ!!!

私の周囲から、白い火花が飛び散った。

「えええっ!?　なにこれ、結界!?」

「……今回はこう来たか」

結婚するまではえっちなことが出来ない呪いが、ここで発動した。

私の周囲をシャボン玉のように輝く膜が覆《おお》い、アンタレスが弾《はじ》かれてしまった。

アンタレスが再び私に触れようと近付くと、結界に阻《はば》まれて火花が飛び散った。どうやら痛みも感じるらしく、アンタレスが顔をしかめている。

「アンタレス、大丈夫!?」

「ちょっと熱かっただけ。平気だよ」

「良かったぁ……」

さすがに女神様も、アンタレスを傷付ける気はないようだ。

私はホッと胸を撫で下ろした。

「でもアンタレス、ちゃんと患部を冷やして軟膏《なんこう》を塗ったほうがいいよ。保健室に……」

「ノンノ」

女神製の結界の外から、アンタレスが真剣な表情で私を見つめた。

「自分がどれほど淫らか、ちゃんと思い出せたでしょ？　僕のキスにあんなに可愛くなってさ」

「ひょぇぇ!?」

アンタレスの言葉に、さっきまでの自分の痴態《ちたい》を思い出してしまった！

あんなのちっとも淑女らしくない行動だったのにっ！

私は解かれてしまったリボンをぎゅっと握り締め、叫んだ。

「アンタレスのムッツリスケベ～!!」

「なっ!?　ちょっと、ノンノ!?」

アンタレスの隙《すき》をついて、私はその場から走って逃げた。どうせ結界があるから、アンタレスは私に近付けないし。

彼から充分に離れてから校舎に入ると、私の周りでキラキラ輝いていた結界が消えた。どうやら一時的なものだったらしい。

「……どうしよう」

アンタレスの隣にいても恥ずかしくない淑女になりたかっただけなのに。彼を傷付けたかったわけではないのに。結果として彼をあんなに苦しませてしまった。

それなのに、自分の内側から声が聞こえてくる。

『純情になれ、清純になれ、純潔であれ』と。

私はその声にどうしても逆らうことが出来ない。

「アンタレス、私、どうしたらいいの……っ」

私は縋《すが》るような気持ちで交換日記を開いた。アンタレスに罠として使われたやつである。

アンタレスのページを開くと、そこには――なんだか怨念めいた愛の言葉がいっぱい書いてあった。そういえばアンタレスはヤンデレ枠の攻略対象者だったな。

スン……ッとした気持ちになっていると、背後から声を掛けられた。

「ノンノ様？　こんなところでどうしたのですか？　もうすぐお昼休みが終わりますよ？　あれ、今日は三つ編みなんですね！　とてもよくお似合いですっ」

緩《ゆる》やかなウェーブがかったピンクブロンドをキラキラと輝かせながら、スピカちゃんが現れた。まるで救世主のように。

▽

「あっ！　こちらのお店ですよ、ノンノ様！　最近大人気の『大聖堂サブレーカフェ』です！」

「まぁ、こんなところに『大聖堂サブレー』の本店があったのですね」

放課後、私はスピカちゃんに誘われて、貴族学園の近くにある『大聖堂サブレーカフェ』なるお店にやってきた。

ここは昔ながらの焼き菓子をメインに売っているパティスリーで、大聖堂のメインストリートでは、お土産《みやげ》用の『大聖堂サブレー』を卸《おろ》しているらしい。

今までは、老舗《しにせ》と言えば聞こえはいいが、こぢんまりとしていてあまり目立たないお店だったのだそう。

それがここ最近、このパティスリーにとんでもない大口の出資者が現れた——なんとグレンヴィル公爵家である。

グレンヴィル公爵家の惜しみないバックアップのもと、パティスリーの隣の空き店舗を買い上げて併設カフェに改装し、宣伝をバンバンと打ち、たった一カ月で長蛇《ちょうだ》の列が出来るほどのお店に急成長してしまったらしい。

「本当にすごい行列ですのね。私たちも入れるかしら？」

「大丈夫ですよ、ノンノ様！」

スピカちゃんはポケットから、上質な紙に印刷されたチケットを取り出した。

「プロキオン様から特別チケットをいただいたんですっ。これを使えば、いつでも二階の特別ラウンジで『大聖堂サブレー』が食べ放題とのことです！」

「まぁ、素敵ですわね」

「ノンノ様とバギンズ様の分もいただいていたのですが、最近お二人とランチをご一緒する機会がなくて、渡せなかったんです。ごめんなさい、ノンノ様」

シュンとした様子で私とアンタレスの分のチケットを差し出すスピカちゃんに、私は慌てた。

「そんなっ、スピカ様はなにも悪くないですわ！　私とアンタレス様が……」

いや、アンタレスも悪くない。悪いのは私一人だけだ。

婚約者とイチャイチャすることよりも、友達と楽しくお喋りすることよりも、自分自身の恥ずかしさを優先してしまった私のせいだ。

こんなに周囲の人たちに迷惑を掛けているのに、それでも完璧な淑女になりたくて暴走してしまうこの気持ちは、一体なんなのだろう？

アンタレスはポーション様が作った新薬のせいだと言っていたけれど。アンタレスやポーション様にはなんの変化ももたらさなかったのに、私だけ変化してしまうなんて、そんなおかしなことがあるのだろうか？

今考えても、答えは出ないけれど。

「……私が悪いのですわ。アンタレス様から逃げ回ってしまっていたから」

私が泣きそうになって言うと、スピカちゃんはこちらを労《いたわ》るような笑みを浮かべて、私の手を引いた。

「ノンノ様、まずは『大聖堂サブレー』をいただきましょう。甘いものとお茶で気持ちが落ち着いたら、ノンノ様が抱えていらっしゃる悩みをゆっくりお話ししてください。私たち、お友達じゃないですか」

「スピカ様……っ」

私はスピカちゃんの温かな優しさに胸を打たれて、「はいっ」と頷いた。

スピカちゃんから渡された特別チケットを店員へ見せると、すぐに二階の特別ラウンジへ案内される。

ちなみに一階は一般向けのカフェになっており、庶民や貴族学園の生徒で賑《にぎ》わっていた。

特別ラウンジはパステルピンクやアクアブルー、そして黄金という、大聖堂カラーを基調とした内装でとても可愛らしかった。

いくつかあるソファ席には、優雅なご婦人やご令嬢の姿がチラホラとあり、皆それぞれ寛《くつろ》いでアフタヌーンティーを楽しんでいるのが見えた。

ラウンジの中央にはピアノがあり、生演奏をしている。

見晴らしの良い窓際《まどぎわ》の席に案内され、スピカちゃんと一緒にメニューを注文する。お茶と『大聖堂サブレーパフェ』という謎のものを頼んだら、大聖堂の形をしたサブレーが刺さったパフェが運ばれてきた。

「ふわぁぁ！　焼きたてのサブレーも少し柔らかめで美味しいですっ！　バターがたっぷりですっ。これが食べ放題だなんて、すごいですねっ」

「パフェも美味しいですわよ、スピカ様。サブレーでアイスをすくって食べると、美味しさが二倍ですわ」

「ああっ、それ、絶対間違いのないやつですね……っ！　私、次に来た時はパフェを注文しますっ。特別チケットをくださったプロキオン様には本当に感謝です！」

「ええ。グレンヴィル様には次に学園で会った際に、きちんとお礼をお伝えしませんと……」

私とスピカちゃんがそんな会話をしていると。近くの席で一人優雅にお茶を飲んでいたご婦人の背中が、急に『ビクッ！』と大きく反応した。

まさか突然体調でも悪くなったのだろうか？

給仕に助けを求めたほうがいいかな？

私は一瞬心配になったが、ご婦人はまた静かに姿勢を正した。どうやら思い違いだったらしい。

「それで、あの、スピカ様にご相談なのですが……」

「はいっ！　なんでもおっしゃってください、ノンノ様！　私で力になれることでしたら、なんでもお手伝いさせてくださいっ」

「ありがとうございます、スピカ様」

私はスピカちゃんに、今までの自分ではアンタレスに相応しくないと思ってしまうようになったこと。だからアンタレスに相応しい淑女になるために頑張っていること。でもそのために距離を置いたら、アンタレスをとても傷付けてしまったことを話した。

「ノンノ様は今までもとっても素敵な淑女でしたよ？　バギンズ様に相応しいのはノンノ様だけです！」

「違うんです!!　本当の私は全然淑女らしくなくて、アンタレス様にはちっとも相応しくないんです!!　今までの私じゃ絶対にダメなんですっ!!」

私は気持ちが高ぶってしまい、半泣き状態でテーブルに突っ伏した。

「なんだか強迫観念みたいですねぇ……」

スピカちゃんは困惑しつつも、私の頭を撫でてくれる。めちゃめちゃ天使だ。

「それで最近、ノンノ様とバギンズ様とはランチをご一緒出来なかったんですね」

「本当に申し訳ありませんでした、スピカ様……」

「でも、ノンノ様のお気持ちも、私、理解出来ちゃいます。プロキオン様のお傍にいても恥ずかしくない自分になりたいって、私もいつも思いますから」

スピカちゃんは優しい声で続ける。

「私は礼儀作法やダンス、貴族としてのお勉強がとても楽しいです。淑女として成長していく自分がとっても嬉しいです。……でも、今のノンノ様はどうですか？　ノンノ様の努力はとても素晴らしいものですが、今以上の淑女になることを、本当に楽しいと思っていらっしゃいますか？　変わっていく自分を喜べて、それがノンノ様の自信に繋がっているのでしょうか？」

スピカちゃんにそう問いかけられて、私は愕然《がくぜん》とした。

清純になりたくて堪らないのに、頑張れば頑張るほど楽しくないのだ。

お色気お姉さんに憧れていた時のほうが、私の毎日はとても輝いていた。

「スピカ様、私、ちっとも楽しくありませんわ……っ」

「だと思いました。今のノンノ様はとてもお疲れのご様子で、あまり微笑んでくださいませんでしたもの」

スピカちゃんは私の手を取り、両手でそっと包み込む。

「私はノンノ様の、ちょっと困ったような優しい笑顔が大好きです。いつでもそんなふうに笑っていてほしいです。だから、バギンズ様に相応しい淑女になりたいのなら、もっとノンノ様自身が楽しめる方法を探しましょう？　たぶん今の方法は、ノンノ様には合っていないのだと思うんです」

「はっ、はいっ。そういたしますわ、スピカ様……っ」

「そして、ちゃんとバギンズ様とも話し合って、仲直りしましょう？　やっぱり思っていることはちゃんと言葉にしないと、相手に伝わりませんから」

「それは……」

アンタレスの読心能力については、さすがにスピカちゃんにも話せない。

どうしたものかと考えていると、突然、近くの席に腰掛けていたご婦人が立ち上がった。先ほど、ちょっと挙動不審だった例の御方である。

ご婦人が着ているドレスは最高級品で、まとめた黒髪に飾られた大粒のトパーズの髪飾りも、巷《ちまた》ではお目に掛かったことがないほどグレードが高い。かなりの上級貴族のようだ。

ご婦人は気品漂うご様子でこちらに歩いてくると、私たちに話しかけてきた。

「お嬢様方、ご歓談中に失礼いたしますわ」

三十代後半くらいの凛《りん》とした雰囲気の美人だったが、なぜかそのトパーズ色の瞳が泣き濡れていた。鼻も赤くなっており、その手にはしっかりとレースのハンカチが握り締められている。

私はそこでハッと思い出した。この『大聖堂サブレー』に最近出資した、黒髪でトパーズ色の瞳を持った女性のことを。

「わたくしはエイダ・グレンヴィルと申します」

お義母様ゼミでやったところだー!!

思わぬ形で最近の努力の成果が表れてしまったが、私はスピカちゃんと一緒にプロキオンママにご挨拶をする。

「ジルベスト子爵家のノンノと申します。お会い出来て光栄ですわ、エイダ夫人」

「初めましてっ。男爵家《だんしゃくけ》のスピカ・エジャートンと申します」

エイダ夫人は柔らかく微笑むと、同席を求めてきた。

ちょっと緊張するけれど、スピカちゃんと共に了承すれば、……エイダ夫人はソファに腰掛けるやいなや、わっと泣きだした。

「わたくし、そちらのスピカさんのお話に感銘を受けましたの……っ!　あ、聞き耳を立てたりしてごめんなさいね。お二人の口からうちの息子の名前が出てきたので、つい……。わたくし、息子との関係にずっと悩んでいたのです……」

想像していた以上に、エイダ夫人はプロキオンとの溝《みぞ》に悩んでいるご様子だ。

そうでなければ、いくら息子の友達だからといって、十代の小娘のもとへお悩み相談に駆け込んできたりはしないだろう。

それともスピカちゃんのヒロイン力が天元突破《てんげんとっぱ》しているから、攻略対象者の母親からのお悩み相談を受けるくらい、日常茶飯事なのだろうか？

私のようなモブ令嬢にはまったく分からないことだったが、エイダ夫人はスピカちゃんに悩みを打ち明けた。

エイダ夫人の話を横で聞いていただけの私も、だんだんと感情移入して泣けてきた。

自分が傷付くのが怖くて息子に話しかけることが出来ないでいるのは、母親として駄目だと思う。だけれど、恥ずかしくてアンタレスを避けてしまっている今の私には、エイダ夫人の恐怖心も分かってしまうんだ。

「それで、わたくしもいつまでも怖がっていないで、プロキオンとちゃんと話をしなければと思いまして……」

「絶っ対にそれがいいですよっ、エイダ様！　プロキオン様もお母様とお喋りするの、とても嬉しいと思いますっ」

「でもあの子、わたくしや夫のことを恨んでいないかしら……？　あんな呪われた体に生んでしまって、わたくし……っ」

「プロキオン様のお身体はエイダ様のせいなんかじゃ絶対にないです！　それにプロキオン様は口数の少ない方ですけれど、ご両親のことを恨んでいるとか、怒っているとか、そんなふうに考える人じゃないですっ。それに、もしもプロキオン様がそんなことを考えていたとしても、お話ししなくちゃ、謝ることも出来ないじゃないですかっ！」

「そ、そうよね。その通りですわ、スピカさん」

「エイダ様、頑張って最初の一歩を踏み出しましょう！」

「ええ。ありがとう、スピカさん。わたくし、なんだか勇気が湧いてきましたわ」

今日は私の相談のためにカフェに来たはずなのですが。なんだか怒濤《どとう》の勢いで、プロキオンとご両親の間の隔《へだ》たりが解決しそうなフラグが立っておりますね⁇

もしかしてスピカちゃんって、ゲームのスピカちゃんよりもヒロインとしてチートなんじゃないですか⁇

「でも、わたくし一人では、プロキオンにどう話しかけたらいいのか分かりませんわ。あの、もし我が家でお茶会を開いたら、スピカさんとノンノさんをご招待しても構わないかしら？　それで、そのっ、プロキオンと話す切っ掛けを作っていただけたら、と……。図々しいお願いで、本当に申し訳ないのですけれど」

「わぁ！　それ、すごくいいと思いますっ！　私たち、出来る限り頑張ってプロキオン様とエイダ様がお話しするチャンスを作ります！　ねっ、ノンノ様？」

「え？　あ、はい……」

「本当に感謝いたしますわ、お二人ともっ！」

思わぬ成り行きに事態の把握が追い付かず、ぼんやりとしてしまった私に、スピカちゃんが顔を近付けてくる。

「ノンノ様にとっても、バギンズ様とお話しするいいチャンスだと思いますっ。バギンズ様にお伝えしたいことを整理して、お茶会でしっかりとお話ししましょうっ」

「そうですかねぇ……？」

スピカちゃんはすぐさまエイダ夫人に、

「ノンノ様のご婚約者様のことも、お茶会にお呼びいただけないでしょうか？　プロキオン様ともとっても仲良しなのでっ」

と、お願いし始めた。

「まぁ！　プロキオンのお友達なら何人でも大歓迎ですわ！」

エイダ夫人は大喜びしている。

……グレンヴィル公爵家のお茶会までに、私は別の方法で清純な淑女になれるかなぁ？

純情になりたい。清らかになりたい。淑女らしくありたい。

スケベな自分なんて、もうアンタレスに見せたくない。

どうしてもそう思ってしまって、やっぱり、アンタレスに近寄ることが怖かった。

第四章 山神様の試練

Chapter 4

ノンノが『大聖堂サブレーカフェ』で頭を抱《かか》えていることなど露《つゆ》ほども知らず、僕は僕で次の行動に移っていた。

どうしたら以前のノンノを取り戻すことが出来るのか。

僕は唯一《ゆいいつ》の手掛かりであるポーション様のもとを訪ねることにした。

あの新薬について、もっと情報が知りたかったのだ。

「この間の新薬のことですか？」

薬草畑の雑草を抜いていたポーション様は、鼻の頭に土汚れを付けたまま、目を輝かせる。

「他に新薬を飲んだ者にどんな反応があったのか、薬草自体についてでもなんでも構いません。今分かっていることをすべて教えてください」

教えてほしいと口にしながら、僕はポーション様の心の声にじっくりと耳を傾ける。

僕の前では何人《なんぴと》たりとも真実を隠すことは出来ないのだ。

……新薬を作った張本人である彼に、ノンノが純情になってしまったことを伝えることが出来れば一番良いのだけれど。そもそもポーション様はノンノのことを純情な乙女だと思っているので、理解してはもらえないだろう。だから僕は、彼に助けを求めることは最初から考えていなかった。ポーション様は僕が薬草学に興味を持ったか、よほど新薬を気に入ってくれたのだろうと考え、すべて話してくれた。

それで分かったことは、あのあと何人かに新薬を試してもらったが、爽《さわ》やかな気持ちになる以外の反応を見せた者はノンノ以外にはいなかったということだ。

念のため、他に新薬を飲んだ者にも会わせてもらい、聞き取り調査をしてみた。

だが、「爽やかで美味《おい》しかったです」「気分がリフレッシュされました」などと好意的な感想が返ってくるだけだった。

僕自身もそれくらいの感想しか湧かなかったし、仕方がないのだろう。

ノンノが純情になってしまったのは、本当に特殊なケースだったらしい。

一通り聞き取り調査が終わると、僕に付き添ってくれていたポーション様が、ポケットから包みを取り出した。

包みを開くと、乾燥させたあの新種の薬草が入っている。

「皆さん、この薬草の効果を気に入ってくださったようで嬉しいです。また山頂まで採《と》りに行きたいな。見てください、バギンズ様。この薬草、こんなに乾燥させても、まだ少し光って見えるんですよ。山頂に生えていた時はもっと青く光り輝いていて、とても幻想的だったんです」

「……山頂、ですか」

校外学習の時は山頂までは行かなかったな、と思い返していると。

不意に、あの日のノンノが心の中で考えていたことを思い出した。

白い猿から食料のお礼として『一つだけ願いが叶《かな》う石』がもらえるのだ、と――……。

「いろいろ付き合っていただきありがとうございました、ポーション様」

「いいえっ。こちらこそ、薬草学のお話がたくさん出来て楽しかったです」

ポーション様と別れたあとにはもう、僕の心は決まっていた。

ノンノの治療法を悠長に模索《もさく》している暇《ひま》なんてない。僕がもたない。

さっさと裏山に登って、白い猿から願いが叶う石をもらおう。石を使って、ノンノが元に戻ることを願えばいいのだ。

「待っていて、ノンノ。絶対にきみを元に戻すから。そしてお説教だから……」

▽

次の休日、僕はさっそく裏山へ向かうことにした。

「あら、アンタレス。外出するのですか？　ノンノさんのところかしら」

「……お母様」

僕と同じ淡い色の金髪を一本の乱れもなく結い上げ、エメラルドグリーンの瞳に合わせた濃緑色のドレスを着た母に、屋敷の玄関ホールでばったりと鉢合わせてしまった。

母は（あら、乗馬服ね。ノンノさんと一緒に遠乗りかしら？）と心の中で首を傾《かし》げている。

説明するのも面倒だと思い、僕は頷《うなず》いた。

ノンノを破廉恥《はれんち》な性格に戻すために一人で裏山へ出掛ける予定だなどと、どうやって説明しろというのだ。

母の心の声を都合よく利用することにした。

「ノンノ嬢と遠乗りに出掛けてきます。夕食までには帰りますので」

「そう。ノンノさんによろしく伝えてちょうだい」

「はい。行って参ります」

「いってらっしゃい」

母に見送られて屋敷を出る。

馬丁《ばてい》に用意を頼んでおいた僕の愛馬が、鞍《くら》や鐙《あぶみ》を装着されて門の前で待機していた。

「レディナ、今日は頼んだよ」

栗色の毛に覆《おお》われた首筋を撫で、顔を寄せれば、レディナが黒く澄んだ眼で僕を見つめ返す。

レディナは返事をするように鼻を震わせた。獣の臭《にお》いがする生温かい息が僕の頬に触れた。

まだノンノに出会う前、他人の心の声が急に聞こえるようになって引きこもりがちになった僕のことを心配した両親が買ってくれた馬が、このレディナだった。子供でも扱えるようにと、とびきり大人しい牝馬《ひんば》を与えてもらった。

僕は動物の心を読むことは出来ないが、レディナはとても聡明《そうめい》な馬だと思っている。

馬丁が見守る中、僕は鐙に足をかけて鞍の上に跨《また》がる。ズボン越しにレディナのみっしりとつまった筋肉を感じた。

体のバランスを取って前を向けば、ぐっと高い視野が広がっていた。

「アンタレス坊ちゃま、道中お気を付けくださいませ」

「うん。行ってくるよ」

恭《うやうや》しく頭を下げる馬丁に一つ頷いてから、僕は手綱《たづな》をしっかりと握った。レディナに発進の合図を出せば、すぐに彼女が歩き始める。普段は馬車で通る通学路へ、僕はレディナを誘導した。

今日は休日なので、学園へ向かう馬車の数は少ない。このまま学園に向かい、裏山を登るつもりだ。

校外学習で登った道は馬でも通れる様子だったので、時間短縮のためにレディナで登り、あの時の白い猿を再び見つけて食料を与え、『一つだけ願いが叶う石』を手に入れるつもりだった。

どこまで都合よく物事が進むかは分からないが、今はやるしかない。駄目ならば何度でも挑戦するまでだ。

以前のノンノを取り戻す。

ただそれだけが、僕の願いだから。

▽

思った通り、裏山の登山道は馬でも問題なく進むことが出来た。

早々に辿《たど》り着いた山頂付近の原っぱで、僕は一度レディナから降りて、彼女に水を飲ませる。

その間に、前回ランチをした場所で持参した食料を広げてみた。白い猿があの時のように食料を奪いに来る可能性を考えてのことだ。

けれどしばらく待ってみても、白い猿は現れなかった。

僕は食料を鞄に戻し、原っぱの奥に広がる深い木々のほうへ視線を向ける。

「レディナ、僕に付いてきてくれるかい？」

前回山に踏み行った時は、人一人通る隙間《すきま》もない箇所もあった。だが、そういった場所は迂回《うかい》すればいい。僕一人で山中をさ迷うよりは、レディナの脚のほうが力強く前へ進めるだろう。

彼女がブルルッと鼻を鳴らして返事をする。

「ありがとう、レディナ」

僕は再び鞍に跨ると、深い木々の中へ進んだ。

前回歩いた道を進んでいく。馬で通れない箇所は迂回したが、見覚えのある場所を大体進めていると思う。

けれど一向に、白い猿の姿は見えない。

こんなことになるのなら、あの時ノンノにちゃんと、ゲームではどこに白い猿の棲《す》み処《か》があったのか聞いておけば良かった。

あの猿を見つけることだけが『一つだけ願いが叶う石』を手に入れる方法だというのに……。

前回グレンヴィル様と合流した地点に、とうとう辿り着いてしまった。

ここから先は本当になんの手掛かりもない。

「……けれど、進むしかないか」

僕は独りごちた。

どんな困難が待ち受けているかは分からないけれど、今は前に進む以外に道はない。

本当のノンノを取り戻すまでは、僕は立ち止まってなんかいられないんだ。

「行こう、レディナ」

レディナと共に進もうとしたその時――前回と似たようなことが起こった。どこからか、グレンヴィル様の心の声が聞こえてくるのだ。

グレンヴィル様の心の声は僕のほうにどんどんと近付いてきて、すぐ傍《そば》の茂みから彼が姿を現した。

「ん？　バギンズ？　裏山で一人でなにをしている……？」

「グレンヴィル様……」

その台詞《せりふ》はあなたにそっくりそのままお返ししたい。

すると、ちょうどいいタイミングで、グレンヴィル様の新たな心の声が聞こえてきた。

(私はモジャとモジャモジャモジャに会いに来ただけだが、バギンズはなにやら大荷物だな。ハイキングかもしれない)

なるほど。僕とノンノに似ているという、あの熊か。

グレンヴィル様ののほほんとした無表情を見ていると、張り詰め続けていた僕の気持ちが少しだけ緩《ゆる》んだ。

「私は知り合いの動物を訪ねに行くところだが、バギンズはハイキングかなにかか?」

「いえ、違います」

知り合いの動物を訪ねに行くとは、まるで童話のような台詞だと思う。

僕はグレンヴィル様がとても純真な方だと知っているが、他の人たちには、彼が真剣な表情でこんな台詞を吐くとは想像もつかないだろう。

「僕は……知り合いではない動物に会いに行く途中なんです」

自分の現状を端的に話そうとすれば、僕も童話みたいな状況になった。

これも全部、純情になったノンノのせいだ。

「知り合いではない動物?」

「校外学習で会った、あの白い猿です。あの猿にどうしても再び会いたくて。けれど棲み処が分からないので、これから山の奥へ進むつもりです」

「……そうか。バギンズはあの猿を探しているのか」

「はい」

グレンヴィル様は変わらぬ表情のまま、

（ならば私も、バギンズの手伝いをしよう）

と考え始めた。

僕は驚きに目を見開いた。

一体なぜ、グレンヴィル様は僕の手伝いをしようなどと考えるのだろう？

『一つだけ願いが叶う石』の希少さを考えれば、下手《へた》に他人と同行しないほうがいい。見つけた瞬間に裏切られ、石を奪われてしまうかもしれない。――だって人間はとても愚かな生き物だから。

愚かなのはグレンヴィル様だけではない。僕やノンノも例外ではなく、欲に目が眩《くら》んで理性を見失うのが人の性《さが》だからだ。

だから、いくらグレンヴィル様が傍にいてくれたほうが心強いとしても、石を確実に自分のものにするためには同行を断らなくては……。

（バギンズは私の初めての男友達だ。彼を助けてあげたい）

僕はグレンヴィル様の心の声を聞き、呆然と彼を見つめた。

禍々《まがまが》しい黒いアザに隠れた彼のアメジスト色の瞳には、幼子のように純粋無垢《むく》な好意が煌《きら》めいている。

なんの打算も邪心もなく、この人は本当に心の底から、僕に友情を感じてくれているのだ。

「私も共に行こう、バギンズ。猿を探す手伝いをしよう」

「……なぜ、グレンヴィル様は僕にそれほど優しくしてくださるのですか？」

僕は、この人になにもしていない。

ノンノのゲーム知識がなければ、周囲の人たちと同じように彼の姿に恐れ、近付こうとしなかっただろう。

ノンノがエジャートン嬢と親しくしているから、その流れで共に行動していただけなのに。

「バギンズが私に優しくしてくれたからだ」

グレンヴィル様が穏やかに目を細めた。

「両親すら近寄ろうとはせず、周囲から遠巻きにされてばかりいる私なんかと、会話をしてくれただろう。人として礼儀を尽くしてくれただろう。一緒に食事をし、街へ出掛け、笑い掛けてくれただろう。私はそのすべてが、とても嬉しかった」

それは単に今までグレンヴィル様がいた環境が悪過ぎただけだ、とは思ったが、同時に僕の胸は絞られるように痛んだ。

これは、僕の心の一部に他人が触れてしまった時に感じる痛みだ。

他人に悪意を持って触れられると心は激しく痛み、逆に優しさを持って触れられても、同じように心が痛む。

僕の心はグレンヴィル様の友情の手に触れられて痛みを感じ、泣きたくなった。

「きみは私の友達だ、バギンズ。共に猿を見つけよう」

「……はい。ありがとうございます、グレンヴィル様」

ノンノ以外の人間にも、僕は心を開くことが出来たのだなと、シャツの胸元をギュッと握り締めながら思った。

「では、道案内を頼もう」

「道案内？」

僕は首を傾《かし》げる。

グレンヴィル様の心からは、

(呼べば誰かしらやってくるだろう)

という、謎の楽観が読めた。

彼が指をパチンと鳴らすと、近くの枝に留《と》まっていた小鳥がやってきた。

小鳥はグレンヴィル様の肩に止まると、嬉しそうに「ピィピィ」と囀《さえず》る。

「白い猿のもとまで案内を頼む」

「ピイッ！」

小鳥は返事をするように鳴くと、僕たちを先導するために前を飛び始めた。

グレンヴィル様が至って真面目《まじめ》な表情で僕を促《うなが》す。

「さぁバギンズ、あの鳥の後を追うぞ」

「……はい」

そういえば、この方は校外学習の時には熊に道案内をさせていたのだった。

今回は可愛らしい小動物なだけ、まだマシなのかもしれない。

小鳥がどんどん山の奥へと飛んでいく。僕はグレンヴィル様に合わせて歩くことにし、レディナの手綱を引きながら茂みをかき分けて進んだ。

しばらくすると小さな洞窟が見えてきた。

小鳥は洞窟の上空で旋回し、任務が完了したとばかりに鳴いている。

洞窟に近付いてみると、入り口には木の板で作られた簡素なドアがある。完全に家だ。

「どうやらここが白い猿の家のようだ」

「そうなのでしょうか……？」

僕は未《いま》だ半信半疑なのだが、グレンヴィル様の心は確信に満ちていた。

「ドアをノックしてみるといい」

「……はい」

ドアをゆっくりとノックすると、内側から開いた。その隙間から白い猿が姿を現す。

「ウキィ？」

「こ、こんにちは。突然お訪ねして申し訳ありません。僕はアンタレスと申します」

「ウキキキィ～？」

「猿は『なんの用事か？』と、バギンズに問いかけているぞ」

「そう、なのですね？　通訳していただきありがとうございます、グレンヴィル様」

猿と対面してから気付いたのだが、僕は一人でどうやってこの猿と意思疎通《そつう》を図るつもりだったのだろう？

ノンノのゲーム知識では、エジャートン嬢が簡単に猿と意思疎通を図っていたようだが、それは彼女がヒロインだからだ。

改めてグレンヴィル様が同行してくださったことに感謝する。

そもそも、僕一人ではこれほどスムーズに白い猿の棲み処を見つけることは出来なかっただろう。すべての動物に愛されるグレンヴィル様だからこその芸当だ。

「実は猿殿にお頼みしたいことが……」

僕はそう言いかけて、ふと、白い猿が前回会った時よりも、やつれていることに気が付いた。

ノンノはこの白い猿のことを、裏山に引っ越してきたばかりでまだ食べ物の在《あ》り処《か》が分からないのだろう、と推測していたが。どうやら状況は変わっていないようだ。

裏山に馴染《なじ》めないようなら、以前棲んでいた場所に早く戻ったほうがいいと思うけれどな……。

哀《あわ》れに思った僕は、荷物から食料を取り出すと、先に白い猿に与えることにした。

「きみはお腹《なか》を空《す》かせているのだろう？　これは子猿たちと食べてほしい」

「ウキキィ!!」

白い猿は飛び跳ねて喜ぶと、洞窟の中に向かって「ウッキキィーッ!!」と叫んだ。

「子猿たちを食事に呼んだんだ」

グレンヴィル様の言葉通り、ドアから三匹の子猿が現れた。

子猿たちは食料を前にはしゃぎ始める。

白い猿が僕を指差し、子猿たちになにかを話した。

すると子猿たちはキラキラした瞳で僕に近付き、そのまま腕や足へとしがみついてきた。

子猿たちは僕に向かって一生懸命に鳴いているが、なにを伝えようとしているのか分からない。

「彼らはバギンズにお礼を言っているんだ」

「そうなのですか。グレンヴィル様は本当に動物たちの言葉が理解出来るのですね。素晴らしいです」

子猿たちの頭を撫でてやると満足したらしく、白い猿のもとへと戻っていく。

そして食料の中からそれぞれリンゴやバナナを選び、食事を始めた。

「私の姿を恐れないのは人間以外の動物だけだった。だから長い時間一緒にいたら、いつの間にか彼らの言葉や気持ちが理解出来るようになっていたんだ。これは私の孤独な時間を証明するような寂しい能力なのかもしれないと思っていたが、バギンズの役に立つことが出来て、とても嬉しい」

グレンヴィル様は穏やかに言う。

彼の一つに結んだ長い黒髪が風に揺れてキラキラと輝いていた。

「友達になってくれたことの恩返しをバギンズにしたかったのだが、結局もらいっぱなしだな、私は。不思議だ」

「不思議ではないですよ。人との良い関係って、そういうことが多いと思います」

「そういうものなのか。知らなかった」

グレンヴィル様の温かな感情に、僕の気持ちも和《なご》やかになっていると。白い猿がこちらにやってきた。

白い猿はかしこまった態度で「ウキキ！」と頭を下げると、好意的な様子で僕を見上げた。

「ウキッ！　ウッキー！」

「『ご馳走《ちそう》してもらったお礼をする。なんでも言ってくれ』と喋《しゃべ》っている」

その申し出を待っていた。

僕はグレンヴィル様にお礼を言ってから、猿の目線に合わせてしゃがみ込んだ。

「『一つだけ願いが叶う石』を探しているんだ。ある人から、きみがその石を持っていると聞いた。その石をどうか僕に譲ってはくれないだろうか？」

この白い猿はどれほどお腹を空かせていても、『一つだけ願いが叶う石』を使用しなかった。

よほど大事な願いのために取っておこうとしたのか。この猿では扱えないものだったのか。

そのあたりの事情は僕には分からない。

けれど、ゲームのエジャートン嬢はこの猿に食事を与えたお礼として石をもらったのだから、同じ行動を取った僕にも、石をもらう資格があるはずだ。

だが、白い猿は落ち込んだように肩を落とし、首を横に振った。

「猿はその石をすでに手放してしまったらしい」

「そんな……」

一瞬目の前が真っ白になりかけたが、グレンヴィル様が猿の話の続きを通訳してくれた。

「バギンズがお望みの品は、どうやら山頂にあるそうだ」

「ウッキィ！」

僕はホッと息を吐く。

良かった。まだノンノを正気に戻す方法が完全に失われたわけではないようだ。

確か、山頂に通じる登山道が原っぱのほうにあったはずだ。ポーション様の話にも、その登山道が出てきた。

「山頂ですか。一度、原っぱへ戻らなければなりませんね」

「ウッキ、ウキキィッ！」

「いや、この先を少し進むと、別の道から山頂に出られるそうだ。その道のほうが山頂に近いらしい。ただ、馬には少々厳しい道になるようだ」

時間は有限だ。今この瞬間にも、ノンノの心がどんどん浄化され、清らかになっていっているに違いない。石で元に戻る可能性があるとはいえ、彼女が偽《いつわ》りの心に振り回されていることは事実なのだ。

ノンノが正気に戻ったら、「かまととぶって清純キャラになっていた自分を殺したい……。本当に黒歴史……」と、地の底まで落ち込むだろう。想像に難《かた》くない。

なら、早く彼女を助けてあげないと。

それに僕のほうが、いつものノンノに会いたくて堪《たま》らないのだ。

「レディナはここに置いていきます。グレンヴィル様、白い猿の言う近道から山頂に登りましょう」

「分かった。猿よ、道案内を頼む」

「ウキィッ！」

レディナに一旦別れを告げ、僕とグレンヴィル様は白い猿のあとを追って山頂へと向かった。

白い猿が案内した道は酷《ひど》く険《けわ》しいものだった。

片側は断崖絶壁で、もう片側は岩壁だ。しかも岩壁はゴツゴツと尖《とが》っており、触れると指先を切ってしまう。

ただでさえ狭い道には、鋭い小石がいくつも転がっており、迂闊《うかつ》に足を進めるとブーツの底に突き刺さって抜けない。

身のこなしの軽い猿ならばスイスイと進めるようだが、人間にはかなり厳しい道だった。

「申し訳ありません、グレンヴィル様。僕が先を急いだばかりに……」

やはり遠回りをしてでも、ポーション様の通った道を選ぶべきだった。

僕一人ならば構わないが、心優しいグレンヴィル様まで大変な道を歩かせてしまうなんて……。

「この程度の道、私にはなんでもない。騎士団の遠征について行った時には、もっと過酷な道もあった。だが、バギンズが私に対して罪悪感を持ってしまうと言うのなら。山頂まで無事に踏破出来た暁《あかつき》には、私がきみの名前を呼ぶことを許してくれ」

「グレンヴィル様……」

「そしてどうか私のことを、プロキオンと呼んでほしい」

(そのほうがとても友達っぽい)

などと、ワクワクしているグレンヴィル様……、いやプロキオン様に、僕の罪悪感が少し軽くなった。

「いつだってお呼びしますよ、プロキオン様」

「バギンズ……。いや、アンタレス、まだ山頂ではないが……?」

「僕たちは友達なのですから。なにを成し得ずとも名前で呼び合っていいんですよ」

「そうなのか。ありがとう、アンタレス」

「それはこちらの台詞です、プロキオン様。心からお礼を申し上げます」

そして僕とプロキオン様はどうにか悪路を通り抜けて、山頂に辿り着いた。猿の言っていた通り、時間はそれほどかからなかったようだ。

狭い山頂に、ポーション様がおっしゃっていた新種の薬草が青く発光しながら生えていた。

吹き抜ける風にお辞儀をするように揺れる青い光は、確かにとても幻想的な光景だった。

「ウキィッ」

「猿が『あそこだ』と言っている」

白い猿とグレンヴィル様が指差す場所に、大の大人よりも大きな岩が二つ並んでいた。

岩の周囲に『一つだけ願いが叶う石』を隠せるような場所は見当たらないけれど……。

「『夫の岩を時計回りに二周、妻の岩を反時計回りに三周し、岩と岩の間を抜けると、山神様の庭に辿り着く。石はそこに置いてきた』と、猿が言っている」

「夫の岩と、妻の岩……？」

「あの二つの岩は夫婦岩《めおといわ》と呼ぶらしい。大きいほうが夫で、一回り小さいほうが妻だと」

「そうなのですね」

本当にプロキオン様がいなければ、石のある場所まで辿り着けなかっただろう。

僕は心からプロキオン様に感謝した。

「猿が言っている。『石は恐ろしい悪夢の先に隠されている』と。引き返すなら今のうちらしい」

「プロキオン様、ここまで一緒について来てくださり、本当にありがとうございました。あとは僕一人で行きます」

「だが、猿が恐ろしい悪夢があると……」

「この猿が恐ろしいと言うのなら、余程のことです。これ以上の危険に、プロキオン様を巻き込みたくありません」

「だが、私たちは友達だ。きみの困難に駆けつけずして、なにが友達だというのだ?」

「本当の友達だからこそ、僕を信じて待っていてください」

僕がはっきりとそう言えば、プロキオン様の唇の動きが止まった。

一拍置いて、彼は力強く頷く。

「そうか、分かった。これはきみだけの試練なのだな。ならば私は、友の帰りを信じて待っとしよう。……アンタレス、きみの健闘を祈る」

僕はプロキオン様に深く頭を下げてから、夫婦岩へ向かった。

白い猿から教えてもらった手順で岩の間を通り抜ける。

すると目の前には、どこまでも続く白銀の森が広がっていた。

▽

僕は白銀の樹《き》を見上げた。

どれほどの直径があるのだろうか。大の大人が十人ほど手を繋いで輪になっても、まだ足りないほど太い幹を持つ白銀の樹は、内側から光り輝いて白かった。

樹は天へとどこまでも伸びており、張り巡らされた枝々には広葉樹らしい丸みを帯びた葉がびっしりと繋っている。葉の表は白く、裏は銀色だ。

地面はその白銀の葉に覆われていた。人間の世界の落ち葉は枯れて積もるものだが、ここに落ちている白銀の葉は枯れているようには見えなかった。生気を帯びて白々《しらじら》と輝き、足元を照らしている。

人間が知らないだけで、この樹々は太古からこの空間にあったのだろう。強い力に満ちていた。

さて、猿の言う悪夢とは一体なんだろうか。

山神様の庭と呼ばれた森に、生き物の気配は全くなかった。

一体なにが僕に悪夢を見せるというのだろう？

ただ、葉が擦《こす》れ合う音が、まるで鈴の音《ね》のように聞こえてくる。

シャンシャン……、シャンシャン……。

シャンシャン……、シャンシャン……。

▽

「いやっ！　近よらないで！」

気が付けば目の前に、幼い頃のノンノがいた。

ヘーゼルナッツ色の瞳にたっぷりと浮かんだ涙が、ぼろり、ぼろり、と溢《あふ》れて、彼女の頬を濡らす。

その怯《おび》えた表情が、儚《はかな》げな容姿をした彼女のことをますます哀れな様子にしていた。

「ノンノ、どうして泣いているの？　なにがあったの？」

僕は慌《あわ》ててノンノに手を伸ばす。

ノンノはなぜか僕から逃げようとして足元の小石に躓《つまず》き、べしゃりと転んだ。

彼女のドレスが土に汚れ、手のひらも擦《す》りむいてしまったようだ。だが彼女はそれすら気にならないらしく、とにかく僕から距離を取ろうとした。

「ノンノ、けがを見せて。まずは手当てをしなくちゃ」

「こっちに来ないで、化け物！　あなたなんて化け物よ！　心が読めるなんて気持ち悪い！　私の心を読まないで！」

「ノンノ……」

幼いノンノから伝わってくるのは、純粋な恐怖心だった。

心と呼ばれる『人間の持つ最も柔らかな急所』を、誰にも踏み荒らされたくないと願う、全身全霊の拒絶だ。

僕は呆然と彼女を見た。

どうして、ひどい。なんでそんな悪口を言うんだ。

僕は好きで他人の心の声が聞こえるようになったわけじゃないのに。

きみだって知っているはずだろ？　それなのに……。

僕は彼女の言う通り、いつの間にか化け物になってしまったのだろうか？　人の心が読めるだなんて、普通じゃない……。

ジルベストじょうは泣きながら立ちあがると、僕の前から走りさっていった。

あの子なら優しそうなふんいきだったから、友だちになれると思ったのに。

お茶会をぬけだして庭の花をねっしんに見ているジルベストじょうに、「そのお花が好きなんだね」と僕は声をかけた。

僕はずっと、かのじょに声をかけたかった。

やしきの中から僕は、庭のお茶会にさんかしている子どもたちのようすをのぞき見していた。その中で、かのじょだけは優しそうだったから。

さいしょはジルベストじょうも、へにょりと眉尻を下げるようにして、僕に笑いかけてくれた。

「へぇ。そのお花、おたんじょうびにお父様がプレゼントしてくださったから、好きなんだね」

かのじょの心を読んでそう言えば、ジルベストじょうは驚いたように目を丸くした。

その顔に、僕は言ってはいけないことを言ってしまった、と気づいた。しっぱいした、と。

でも、優しくて、か弱い、この子なら。

やわらかな心で僕のことを受け入れてくれるかもしれない。

他人の心が読める僕のことを。どうか受け入れて。

僕は勝手にジルベストじょうに期待した。

「どうしてそんなことが分かったの？　私、言ってないのに……」

「きみ、ひみつを守れる？」

「うん。私、もう六さいだもの。ひみつを守れるわ」

「……僕はね、ほかの人が考えていることが分かるんだ。ジルベストじょうの心の声も聞こえたよ」

僕がそう言ったとたん、ジルベストじょうの心は恐怖にぐちゃぐちゃになって、僕のことを『化け物』と言ったのだ。

その悪口は僕の胸のまん中にナイフのように突き刺さり、ぬけなくなってしまった。

ずっと痛い。ずっとずっとズキズキする。

こんなに苦しいのは、ジルベストじょうのことが忘れられないからだ。

僕はなんども頭をふって、かのじょのことを考えまいとした。

それでもずっと忘れられなくて、ジルベストじょうの怯えた顔が、恐怖にちぢみあがった心が、泣きさけんだ言葉が、くり返し僕の頭の中にうかんでは痛みをよみがえらせる。

こわい。

こわい、こわい。

人がこわい。

みんな悪いことを考えている。いけないことを考えている。

きれいなことを考えた次のしゅんかんには、もう別の汚いことを考えている。

心の中とはちがう言葉を平気で口にする。

僕に優しく笑いかけながら、本当は僕になんて関心がない。

ジルベストじょうですらダメだったのだ。こんな恐ろしい人たちに僕の能力がバレてしまったら、僕はきっと化け物として、ころされてしまうかもしれない。

人に会いたくない。だれの心の声も知りたくない。だれも僕に近づかないで。

ひとりにさせて。

そう願ったしゅんかん、どこからか鈴の音がした。

シャンシャン……、シャンシャン……。

シャンシャン……、シャンシャン……。

▽

人間なんて大嫌いだ。誰とも関わりたくない。

しかし僕はバギンズ伯爵家《はくしゃくけ》の嫡男《ちゃくなん》として生まれてしまったので、領民の生活を守る義務があるのだと、親族たちが言う。いつまでも屋敷に引きこもってばかりではいけない、と。

両親はまだ僕の様子を見守ろうとしていたが、結局親族の言葉に押されて、僕を社交の場へと連れていった。

上位貴族ばかりが集まるリリエンタール公爵家《こうしゃくけ》の初夏のガーデンパーティーは、本当に地獄だった。

大勢の人間の思考の大波が、僕に襲い掛かってくる。

笑顔でこちらに擦り寄りながらも、心の内で見下してくる紳士。

打算的な考えで近寄ってくる令嬢。

僕を引き立て役にしようと考えている令息。

どいつもこいつも、気持ち悪い思考ばかりで吐きそうだった。

あまりの具合の悪さに、僕は人の輪からこっそりと抜け出した。どこか休める場所がほしかった。

「本当？　こっちにウサギ小屋があるの？」

「ええ、本当ですよ、お嬢様。ご案内いたしますとも」

「ふふふ！　私、ウサギって大好き！　とても楽しみだわ」

様々な種類の百合《ゆり》が植えられた公爵家ご自慢の大庭園の片隅を、一人の小さな令嬢が使用人に連れられて歩いているのが見えた。

ヘーゼルナッツ色の柔らかそうな髪と華奢《きゃしゃ》な体。今にも消え入りそうに儚げな彼女の容貌は、一度見たら決して忘れることは出来ない。そこにいたのはノンノ・ジルベスト嬢だった。

子爵《ししゃく》令嬢である彼女がなぜ、このガーデンパーティーに出席しているのだろう？

僕の疑問は、彼女の思考を読むことですぐに解決した。

(お父様が我が家の蜂蜜を公爵様にたくさんあげたから、そのお礼として素敵なパーティーに呼んでもらえて嬉しいわ。ケーキも美味しかったし、ウサギにも会えるなんて！　ウサギは抱っこさせてもらえるのよね？　なでなでだけかしら？)

僕は下品にも舌打ちをしたくなった。

ジルベスト嬢に会うなんて本当に最悪だ。

ただでさえ大勢の人間の汚らしい思考が雪崩《なだ》れ込んできて、気分は最低だったのに。

さらにあの子の顔なんて見たくない。

見た瞬間に胸が痛くて、黒い感情で頭の中がぐちゃぐちゃぐちゃになる。

僕はすぐにでも来た道を引き返したかったが、ジルベスト嬢の傍に寄り添う使用人の思考に、足が止まった。

(ウサギ小屋なんて、天下のリリエンタール公爵家にあるわけがないだろ、バーカ。こんなにバカで大人しそうなガキなら、ちょっとくらい悪戯《いたずら》しても、怖がって誰にも言い付けたりしないだろ)

使用人は少児性愛障害を持つ上に、犯罪行為まで行おうとしていた。

ジルベスト嬢なんて嫌いだ。本当に大っっっ嫌いだ。

僕がきみに傷付けられた分、きみも傷付けばいい。不幸になればいいと思う。

——だけれどそれは、こんな形でではない。

僕は地面に落ちていた小石を拾い、屋敷の窓ガラスに向かって投げつけた。

「なんの音だ!?」

僕と同い年であり、王太子殿下の将来の側近と見なされているリリエンタール公爵家の嫡男が、窓ガラスが割れた音に反応して、ジルベスト嬢たちのもとへとやってきた。

読心能力で彼が近くにいることが分かっていたから、僕は石を投げたのだ。

「ゆ、ユリシーズ様!?」

「ん? お前、こんなところでなにをやっているんだ? 使用人がなぜ持ち場を離れている? おや、きみは確かジルベスト子爵家の……?」

「あっ。の、ノンノ・ジルベストと申します……! 私、この使用人にウサギ小屋へ案内してもらうところで……、どうして急に窓ガラスが割れたのかは、私も分からなくて……!」

「我がリリエンタール公爵家にウサギ小屋などないが？」

「え？」

「おい、お前、一体どういうことだ？」

「それは、その……っ」

このあと、使用人がジルベスト嬢に良からぬことをしようとしたことを自供したため、騎士団に逮捕されたらしい。僕はすぐにその場から立ち去ったので、詳しいことはよく知らないけれど。

ジルベスト嬢にはもっと別の形で苦しんでほしい。

出来ることなら僕の手で、その心をズタズタに傷付けてやりたい。

僕はいつの間にかジルベスト嬢のせいで、僕が嫌悪する汚い人間たちと似たようなことを考えるようになってしまっていた。

自分自身に絶望していると、鈴の音が聞こえてくる。

シャンシャン……、シャンシャンシャン……。

シャンシャン……、シャンシャン……。

▽

シトラス王国王立貴族学園の新入生は、入学前に王城で開催されるパーティーにて夜会デビューすることが習わしである。

僕も例に漏《も》れず、正装をして参加することになった。

国王陛下の挨拶《あいさつ》のあと、リリエンタール公爵家から順に王族へ挨拶に向かう。

今年はフォーマルハウト王太子殿下がご入学するため、デビューする令息令嬢の数が多い。王子王女の誕生に合わせて、我が子を側近や妃《きさき》にと望む貴族の間でベビーラッシュが起こるのは、どこの国でもよくあることだ。

この頃にはもう、僕は他人の心の声に振り回されなくなっていた。諦《あきら》めたのだ。綺麗な人間などいやしない。面《つら》の皮一枚がそこそこ整っていようと、所詮《しょせん》は皆俗物なのだ。僕自身も含めて。

最初からそう理解していれば、他人に期待することなんてない。期待さえしなければ、僕が傷付くこともない。昔は僕が子供過ぎたのだ。

王家への挨拶が終わると、フォーマルハウト王太子殿下とベガ・ノース公爵令嬢のダンスが始まった。二人は婚約関係にはないが、殿下のファーストダンスに最も相応《ふさわ》しい上級貴族のご令嬢が彼女だったのだろう。

二人のダンスが終わると、そのまま残りのデビューの令息令嬢たちがホールに入場し、ファーストダンスを始める。

たいていの令息令嬢たちが家族や親族と踊っていた。僕のファーストダンスの相手も母で、つつがなく終了した。

喉《のど》が渇《かわ》いたので飲み物を取りに移動していると、こんな会話が耳に入ってきた。

「さぁ、お父様とのお義理のダンスは終わりましたよ、ノンノ様！　いよいよこれから、わたくしたちの時間ですわね！」

「まぁ。そんなふうにおっしゃっては、あなたのお父様が悲しむと思いますわ」

「良いのですわ、ノンノ様！　うちのお父様ったら、私のファーストダンスに張り切って、この半年間本っ当に鬱陶《うっとう》しかったのですから！」

「ふふふ。可愛い娘のファーストダンスですもの。仕方がありませんわ」

「ノンノ様のお父様のように素敵な紳士でしたら、私も喜んで踊りましたけれど。うちのお父様は毛むくじゃらですからねっ」

「とってもワイルドですわ」

「もうっ、ノンノ様ったら……。とにかく、うちのお父様のことはもう良いのです。これから二曲目ですわ！　素敵なご令息からダンスに誘われるチャンスですわよ！」

デビュタント用の白いドレスと生花を胸元に飾ったジルベスト嬢が、どこかの令嬢と顔を寄せ合い、眉を下げて大人しげに微笑んでいた。

可憐《かれん》なジルベスト嬢の様子に、周囲にいる令息たちがチラチラと彼女を盗み見しては、見惚《みと》れている感情が流れてくる。

あんなものは人間の表層に過ぎないというのに。

彼女達の会話の内容だが、どうやらジルベスト嬢も実の父親とファーストダンスを踊ったらしい。

そのことにどこかホッとしている自分に気付き、内心で首を横に振る。

彼女がどこの誰とダンスを踊ろうと、どうでもいいことじゃないか。

どうせ、彼女のダンスのお相手を僕が務めることは一生なく、そもそも彼女を誘う気なんか僕にはこれっぽっちもない。絶対にない。

「ノンノ様はどなた狙いですか？　やっぱりフォーマルハウト王太子殿下かしら？　一緒に殿下の周囲で誘われ待ちをしませんこと？」

「フォーマルハウト王太子殿下は競争率が高そうですわねぇ」

「ですから、早めにお傍近くに侍《はべ》るのですわ！」

「……私は、幼い頃に私を助けてくださった……」

ジルベスト嬢が心の中に一人の令息を思い浮かべそうになった瞬間、僕の心は真っ黒に濁って――

――……気が付けば勝手に足が動いていた。

なぜか僕の体はジルベスト嬢の前に立ち、ダンスを申し込むように手を差し伸べている。自分のことなのに、自分の行動の意味が分からない。

僕の視界の中で、彼女の表情とその心はどんどん変化していった。

ジルベスト嬢は琥珀《こはく》のように輝いていた瞳を大きく見開いた。僕の存在を認識した途端、肌が蒼《あお》褪《ざ》め、体が強張《こわば》り、恐怖に震え始めた。

（……どうして、バギンズ様が私の目の前に……？　私にダンスを申し込もうとしているの？　なぜ……？　ハッ!?　もしかして今この瞬間も、彼は私の心を……）

「読んでいますよ」

隣にいる令嬢は僕の言葉の意味が分からず首を傾げていたが、ジルベスト嬢の思考は恐怖でぐちゃぐちゃになった。

彼女の恐怖心が、僕の心に突き刺さって痛い。

でも、同時に微《かす》かな愉悦《ゆえつ》を感じている。

今この瞬間だけは、きみは僕のことだけで心をいっぱいにしてくれているんだ。

「……よろしければ僕とダンスを踊っていただけませんか、ジルベスト嬢？」

きみにダンスを申し込むなんて反吐《へど》が出る。

申し込んだって、どうせきみは僕に靡《なび》いたりしない。そんなことは百も承知だ。

僕の目的は、きみとのダンスなんかじゃない。きみが僕の手によって傷付けばいいと願っているだけなんだよ。

（なんなの、この人。私の反応を面白がっているの？　嫌だ、怖い、逃げなくちゃ。これ以上、私の心を読まれる前に、私の秘密や隠し事、大切に思っていること、過去の思い出、私の心のすべてを守るために、この人から逃げなくちゃ……。私の心は、私だけのものだもの……！）

ジルベスト嬢は傍にいた令嬢の手を取ると、

「ごめんなさい。急に体調が悪くなったので、失礼いたします……っ!!」

と言って、震える足で僕の前から逃げ出した。

「よろしかったの、ノンノ様？　せっかくのバギンズ様からのお誘いを……って、あら？　ノンノ様、本当に体調が悪そうだわ!?　大丈夫!?」

「いいから早く、この場を移動しましょう!!」

ジルベスト嬢は友人を急《せ》かし、パーティー会場から出ていった。

どうやら彼女はこの夜、そのまま帰宅したようで、父親の他には誰とも踊らなかったらしい。

何人かの令息がジルベスト嬢をダンスに誘おうと会場中を探しては、見つけられずに肩を落とす姿を見たので、間違いない。

『あなたなんて化け物よ！』

幼い頃のジルベスト嬢の言葉が、耳の奥でまた聞こえた。

彼女の傍にいると、自分でも軽蔑するほど嫌なやつに成り下がってしまう。

――これでは僕は、本物の化け物と同じじゃないか。

シャンシャン……、シャンシャン……。

シャンシャン……、シャンシャン……。

（木登りは苦手だけれど、可愛い猫ちゃんのためなら、やってやれなくもないはずだわ！）

▽

貴族学園で、純白の心を持つ男爵《だんしゃく》令嬢に僕は出会った。二学年の時のことだ。

僕はバギンズ伯爵家の嫡男として学園を卒業しなければならず、いやいや通っていた。十代の生徒たちの心はかしましくて複雑で、うんざりする毎日だった。

スピカ・エジャートン男爵令嬢と出会ったのは、そんな灰色の日々の最中《さなか》だった。

出会った瞬間から、スピカ嬢の心は眩《まぶ》しく輝いていた。

喜怒哀楽はあっても、妬《ねた》みや僻《ひが》みといったドロドロした感情は一つもない。いつも周囲の人のことを心から愛し、尊敬し、気を配り、自分のことよりも他者を優先する人だった。

スピカ嬢からはいつも美しい心の声が聞こえてくるので、僕は恐る恐る彼女に近付いた。

彼女は一切の打算もない笑顔で僕を受け入れてくれる。今日もアンタレス様に会えて嬉しい、と曇りのない喜びで輝いていた。

スピカ嬢はまるで天使のようだ。彼女の傍は、地上に唯一残された楽園だった。

僕はスピカ嬢にだけ心を開いた。

彼女は僕の心を決して傷付けたりしないから、安心して傍で笑うことが出来た。

心のどこかで、こう思った。

僕はまるでスピカ嬢の信者のようだな、と。

――また鈴の音が聞こえてくる。

シャンシャン……、シャンシャン……。

シャンシャン……、シャンシャン……。

▽

僕はいつの間にか、スピカ嬢に対して恋に落ちていた。

あんなに心の美しい人など、この世に他にいない。彼女を愛さずにはいられなかった。

だが、スピカ嬢を愛しているのは僕だけではなかった。

先王の子であるフォーマルハウト王太子殿下に、現国王の子である双子のリゲル第二王子とカノープス第三王子。騎士団を統《す》べるグレンヴィル公爵家の令息や、大法廷長官を任命されているロックベル侯爵家《こうしやくけ》のその令息も、彼女に並々ならぬ想いを寄せていることは知っていた。

我がバギンズ伯爵家は王国内で最大の港を有する、貿易の要《かなめ》を担《にな》う家柄だ。だが、その地位や権力だけで退《しりぞ》けられる相手ではなかった。

けれど、幸いにもまだスピカ嬢には、特別に想う相手は現れていない。今ならばまだ、恋敵《こいがたき》たちを追い落とすことが出来るのだ。

僕のこの読心能力で、恋敵たちの秘密を暴くのもいいかな。

そんなことを考えながら薄暗い渡り廊下を歩いていると、陽光溢れる校庭から、女子生徒たちのかしましい笑い声が聞こえてきた。

……なんて煩《うるさ》いのだろう。スピカ嬢の愛らしい声とは大違いだ。イライラする。

睨《にら》み付けるようにしてそちらに視線を向けると、校庭にはちょうどフォーマルハウト王太子殿下と、その側近のリリエンタール公爵令息がいた。

彼らを取り巻くようにして、女子生徒たちがきゃあきゃあと群がっている。

その煩い女子生徒たちの中に、僕はまたしてもヘーゼルナッツ色の細い髪を靡かせる少女を見つけてしまった。ノンノ・ジルベスト嬢だ。

彼女を学園で見かける度に、僕の心は黒く濁る。

ジルベスト嬢が刻んだ傷跡はもはや化膿《かのう》して、ぐちゃぐちゃに腐っている。彼女が僕に与えた悲しみは、殺意を孕《はら》む憎しみとなって僕の内側に存在していた。

ジルベスト嬢は僕を目にすると、真っ青になって逃げていく。それが本当に憎たらしい。

彼女の心を恐怖でかき乱すのが面白かったこともあったけれど。それも時間と共に飽きてしまった。

今はただ、ジルベスト嬢の存在そのものに腹が立つ。

きみに背中を向けたいのは僕のほうなんだよ。

冷たく接して、きみがどれだけ僕に失礼な態度を取っているのか分からせてやりたい。

ただ、紳士としての理性が僕にそんな非道をさせないだけだ。

消えてくれ、ジルベスト嬢。きみが視界に入る度に、スピカ嬢によって救われたはずの心が、また悲しみに囚《とら》われてしまうんだよ。

こんなことを考えること自体、時間の無駄だというのに。

僕は溜め息を吐《つ》く。

ジルベスト嬢から視線を外し、踵《きびす》を返そうとしたところで——彼女の心の声が聞こえてきた。

(はぁ……。今日も素敵だわ、リリエンタール様。教室での凛々《りり》しいお姿も素敵だけれど、王太子殿下のお傍で少年のように笑うお顔もとても可愛らしいわ。子爵令嬢の私など眼中にはないでしょうし、自分から話し掛けるなんて、恥ずかしくてとても出来ないけれど……。こうしてご令嬢たちに交じって眺めるくらいは、どうか許してください。ああ、リリエンタール様……)

「……は?」

僕は立ち去ろうとしていた足を止め、慌てて彼女のほうへと振り返った。

ジルベスト嬢は遠目からでも分かるほどにはにかんだ様子で、リリエンタール公爵令息の姿を見つめている。

彼女の琥珀のような瞳は少しだけ潤《うる》んでキラキラと輝き、桃色に染まる頬は触れたらとても温かそうだった。眉毛は少し困ったように下がって、どこか危うげな色気が滲《にじ》んでいる。

——それはどこからどう見ても、恋をする少女の表情だった。

彼女のその横顔を見た瞬間、僕は激しい嫉妬の渦に飲み込まれて、目の前が真っ暗になった。

一体どうしてそんな表情で他の男を見ているわけ⁉

だってノンノは僕の婚約者のはずだろう⁉

それなのに他の男に想いを寄せるなんて、浮気じゃないか‼

僕のことを好きだと言ったくせに‼　僕への感情は全部恋愛感情と言ったくせに……‼

今さら他の人を好きになったって無駄だからね‼　『ノンノ・ジルベストは破廉恥な女性です』って、言いふらしてやるからっ‼　そんな不名誉な噂が流れたご令嬢に、まともな縁談なんか来るものか‼

僕以外にきみを娶《めと》る男なんか、いやしないんだからねっ‼!

……ジルベスト嬢が僕に好意を向けてくれたことなんて一度もなかったはずなのに、彼女から向けられる愛情はリリエンタール公爵令息のものなんかじゃなく、全部僕のものなんだと、心が目の前の光景を拒絶する。

今の僕はまるで癇癪《かんしゃく》を起している子供じゃないか。理性ではそう思うのに、荒ぶる感情が僕を苛《さいな》んで止まらない。頭が割れそうに痛む。

でも本当に、彼女のはにかむ表情も、恋をする眼差《まなざ》しも、愛情だって、僕だけのものだったはずなんだ……!!

そう強く思った途端、いろんな表情を見せるジルベスト嬢――ノンノの姿が、記憶の底から呼び覚まされて、溢れていく。

ノンノが僕の読心能力を受け入れてくれて、幼い頃からずっと僕の傍にいてくれたこと。

ノンノがあまりにも当たり前の様子で自分の心を読ませてくれるから、僕は他人があまり恐ろしくなくなっていったこと。

ずっと友達でいてくれたノンノを、僕はただ唯一の女性として愛し、ほしがってしまった。そんな僕のことを、きみは結局正面から受け入れてくれたんだ。

ノンノの手に触れて、柔らかな髪を撫でて、その華奢な体を強く抱き締めて、唇や肌に口付けた温かな感触が、僕の中に鮮烈に蘇《よみがえ》る。

……ああ、そうか。ようやく思い出した。

ノンノが今までどれほど僕に心を砕いてくれて、そして僕の欠点までもを愛してくれたことを。

どうして僕は本当のきみを見失うことが出来たんだろう?

彼女は全部、僕のものだったのに。

……そうだ。僕はノンノのために山神様の庭にやってきた。悪夢の先にあるという石を探しに訪れたのだった。

じゃあ、もしかすると、今まで僕が体験していた人生は――……。

僕は改めてノンノのほうに視線を向ける。

先ほどまでは目の前に校庭が広がっていたはずなのに、校庭の植物も校舎も他の生徒の姿もすべて消え去り、景色が一変していた。

太い幹をした背の高い広葉樹が無数に生え、光り輝く白銀の葉っぱが地面に降り積もり、それがどこまでもどこまでも終わりなく続いている。

最初に見た、山神様の庭だった。

神々《こうごう》しい白銀の庭に立ち、こちらを見ているノンノは、もう彼女には見えなかった。ノンノの姿を模した、別の誰かだ。

だって、そのヘーゼルナッツ色の瞳には、僕に対する甘やかな熱がない。

僕はノンノの姿をした何者かにゆっくりと近付いた。

先ほどまで彼女から聞こえていた心の声は、まったく聞こえなくなってしまっていた。

「……ねぇ、きみは誰？」

「ノンノの姿をしたきみは一体、誰なの？」

彼女は静かに微笑んだ。

《人の子よ。よくぞ悪夢から抜け出せましたね》

ノンノの口から、別の女性の声が聞こえてきた。

そして僕のことを『人の子』と呼ぶ存在の正体に、ようやく気が付く。――この人は、いや、この御方は山神様なのか。
《あの悪夢から抜け出せた人の子は、あまり多くはいません。ほとんどの人の子が悪夢に囚われ、夢の中の住人になってしまいました。大儀《たいぎ》でありましたね》
僕は慌てて山神様に跪《ひざまず》いた。山神様の外見がノンノなので、少し妙な気分になったが。
「山神様。ではやはり、僕が今まで体験していたのは悪夢だったのですね」
《ええ、そうですよ》
山神様は慈愛に満ちた表情で、優しく頷いた。
《そなたの願いはすでに知っています。そなたの想い人は、『清《きよ》らの草』を食べてしまったのですね》
「『清らの草』とは一体なんでしょうか?」
《山頂の入り口に生えている、青い薬草のことです。夫婦岩の間に隠された入り口から、私の庭の神聖な空気が流れて、あの場所に溜まってしまうのです。それゆえ、とても珍かな『清らの草』が生えるのですよ》
山神様は僕にも分かりやすいように、噛み砕いて説明をする。
《『清らの草』に毒性はありません。生き物が持つ多少の穢《けが》れを祓《はら》い、心身を少し清めてくれる効果があります。ですが、ある特殊な命にだけは、その効果が何百倍にも跳ね上がってしまうのです》

「ある特殊な命、とはどのようなものですか？」

《異世界の理《ことわり》を知っている者。つまり転生者には、効き過ぎるほどによく効くのです》

「そうか。それでノンノはあんなに純情になってしまったのですね」

なぜノンノだけが他の人と違って、あれほど強く新薬の影響が出てしまったのか疑問に思っていたが。

彼女が転生者であることが原因だったと分かれば、納得がいく。

《さて、私の試練を超えることが出来たそなたに、褒美《ほうび》を遣《つか》わしましょう》

山神様が僕の手に触れた。

なにか小さく固いものが、手の中に滑り込んでくる。

これは一体なんでしょうか、と山神様に尋ねようとしたが、彼女の姿が煙のように薄くかき消されていく。

儚げな微笑みだけを残して――……。

シャンシャン……、シャンシャン……。

シャンシャン……、シャンシャン…………。

▽

目が覚めると、青空が視界いっぱいに広がっていた。たっぷりの水を含んだ筆で描いたような雲が、薄く薄くたなびいている。

いつのまにか僕は山頂付近の原っぱで、仰向けに横たわっていたらしい。

そして右手に、丸くてすべすべした白い小石を握り締めていた。

原っぱから起き上がると、僕は服のあちらこちらに付いた土や葉っぱをはらう時間さえ惜しんで、手の中の小石を見つめた。

これが『一つだけ願いが叶《かな》う石』なのだろうか？

悪夢の先に石を隠したと、あの白い猿は言っていた（正確には、プロキオン様から聞いた）。

そして、悪夢の先で出会った山神様が褒美《ほうび》にと、この石をくださった。

つまり同一のものと考えていいのだろう。

勝手な憶測だけれど、あの悪夢は、きっとゲームの僕の人生だった。

ノンノに化け物と呼ばれ、傷付き、今よりもさらに重度の人間嫌いになった僕が、綺麗すぎる心を持ったエジャートン嬢に心酔していく。そんな『攻略対象者アンタレス』の追体験だったのだ。

確かに悪夢そのものだ。救いがない。

あちらの僕はいつまでもノンノを恨み、エジャートン嬢に依存し、精神が病《や》んでいた。

……しかもノンノが、リリエンタール公爵《こうしやく》令息に想いを寄せているという地獄だ。

この世界のノンノには欠片《かけら》もそんな気持ちを感じないのだけれど、実は彼が好みのタイプだったのだろうか？

この件については、ノンノが正気に戻ったら絶対に問い詰めないといけない。

僕は手の中で小石を転がす。

なんとなく使い方が分かる気がした。

小石をぎゅっと握り締め、僕は願いを口にする。

「山神様、どうかノンノ・ジルベストをお助けください。――彼女を、元に戻して」

手のひらから、光が波のように溢《あふ》れた。

青に赤に緑に黄色にと、様々な色の光が大きな波を作って、原っぱや空へと広がり、辺り一面を光の海に変える。

光はどんどん明度を上げ、最後には真っ白な光となって天地を包み込み、――そして静かに消えていった。

僕の手にあった小石は、まるで燃え尽きたように消失していた。

不思議と、もう大丈夫だと感じた。

今頃、ジルベスト子爵家《ししやくけ》にいるノンノが正気に戻って、慌《あわ》てふためいているのが想像出来た。

「ああ、良かった……。本当に良かった……」

彼女の顔を見に行こう。僕のノンノに会いたい。

「アンタレス！　今の光は一体……」

山頂に続く道から、プロキオン様が急いで駆け下りてくるのが見える。原っぱの茂みからは、僕の愛馬レディナも姿を現していた。

ああ、もうすぐ、僕の冒険が終わるのだ。

▽

だいぶ汚れてしまったので、一度着替えてからジルベスト子爵家へ向かおうと思い、バギンズ伯《はく》爵《しゃく》家《け》への道をひた走る。

すると、うちの屋敷の周囲をうろうろしているノンノの後ろ姿が見えた。

（ううぅ、アンタレスに会いたい～……。けれど、今さらどんな顔をしてアンタレスの前に出ればいいんだろう？『お前誰だよ』ってレベルで清純ぶってしまった……。交換日記とかアホなものを書いてしまったし、いっぱい避けて傷付けちゃった……。アンタレス、めちゃくちゃショックを受けてたよねぇ……。だって私のこと超絶大好きだもん。はぁぁぁ、ごめんね……。すごい罪悪感だよ……。なぜか急に正気に返っちゃって、スピカちゃんに相談したり悩んだりした時間が全部無駄になっちゃった……）

相変わらず図太いんだか小心者なんだかよく分からない、いつものノンノだった。

僕はレディナから飛び降り、ノンノに近づくと、そのまま背中から彼女を抱き締めた。

「ふごぉっ！　へっ、変質者っ⁉　だめですっ、私にはすでに未来の旦那様が……！」

「僕だよ、ノンノ」

「はぇ？」

ぶんっと風を切る勢いでノンノが振り返り、「うわぁぁぁぁ～！」と彼女が僕の耳元で叫んだ。僕に会えた喜びで上げた奇声だけれど、耳が痛い。

ノンノは恐る恐るという表情で、僕に謝罪を始めた。

「会いたかったよぉ、アンタレスぅ……。いっぱい避けちゃって、ごめんなさい。私、なんだか正気を失って、すごく純情になっちゃってて……。さっき、ようやく元に戻ったの。いっぱいアンタレスを傷付けたよね……？」

「うん。すごく傷付いた」

僕が頷《うなず》けば、ノンノの眉尻がさらにへにょりと下がった。

「本当にほんとうにごめんなさい」

「ノンノが急に僕を避けるし、心の声が聞こえる距離にいてくれないし、交換日記は素《そ》っ気《け》ないし。本当に嫌だった」

ぎゅうっと、ノンノを抱き締める腕に力を込める。彼女のドレスに土汚れが付くくらい許してほしい。だって僕は彼女を取り戻すために、本当に頑張ったのだから。

ノンノの肩にぐりぐりと額《ひたい》を押し付ければ、

(アンタレスの髪が顔に当たってくすぐったい)

と、彼女の心の声が聞こえてきた。

「くすぐったくても我慢して」

「はい。私が全部悪うございました……」

言いたいことはたくさんあった。

裏山で大変な目に遭《あ》ったこととか、僕がノンノを正気に戻したことだってちゃんと主張したかったし、プロキオン様と友達になれたことも教えてあげたかった。僕にだってノンノ以外の友達が出来たんだぞ、って。ノンノなら自分のことのように喜んでくれるだろう。

でも、そういったことを全部後回しにしても、言いたいことがあった。

「寂しかった」

一番伝えたい言葉を声音にする。

「本当に寂しかった。ノンノが傍《そば》にいないことが、寂しくて堪《たま》らなかった」

「……アンタレス」

「もう二度と僕をひとりにしないでよ……」

「うん。もうしない。絶対にしないから」

「自分の恥ずかしさより僕のほうが大事だって、昔、ノンノは言ったじゃないか」

僕は、恨み言のような、泣き言のような、ノンノ相手にしか言えない剝《む》き出しの本音をぶつける。

「『アンタレスに心を読まれることは恥ずかしいけれど、自分自身の恥ずかしさより、アンタレスと楽しく過ごすほうが何百倍も大事なの』って、きみは僕に言ったんだ。それなのに今更離れないでよ。どんなきみでも愛しているから、僕の傍からいなくならないで……」

溜めていた気持ちを言葉にしたら、なぜか涙が込み上げてきてしまい、僕はぐっと歯を食い縛る。

十六歳にもなって泣くものかと、目に力を込める。

「約束します、アンタレス君。ノンノ・ジルベストは例え羞恥《しゅうち》に焼け焦《こ》げてそのまま死んでしまいそうになっても、あなたの傍にいます。おめおめと生き恥を晒《さら》します。だって、アンタレスを愛しているから」

この約束に、本当はどれだけの効力があるかなんて分からない。

人というのは狡《ずる》くて、約束なんか簡単に破る。そしてノンノはとても狡い女の子だ。

だけれど今、ノンノが本心からそう口にしていることが、僕には分かるから。

仕方がないな、と思った。

きっと、惚《ほ》れた弱味というやつなんだろう。

僕は少しだけ顔を上げて、ノンノにキスをした。

ノンノはいつも通り僕の腕の中でとろけて、約束通りに生き恥を晒した。

▽

悪夢の清純生活が終わり、ついでに今日は貴族学園の中間試験が終わった。

私は打ち上げ代わりにアンタレスと一緒に公園にやってきた。そして芝生の上でぼんやりと過ごしているところ。

広げたラグの上に寝転んで、雲が形を変えていくのを眺め、小鳥の愛らしい鳴き声に耳を傾け、芝や野花の香りを堪能《たんのう》するために深呼吸をする。

ふふふ、良い天気だな～。

最高だな～。

平和って素晴らしいなぁ～。

毎日世界が平和でありますように、うふふ☆

アホになんないとやってられない気分ですよ、ええ。

私が新薬の影響で清純になっていた期間のことを思い出すと、黒歴史過ぎて正気を保てない。

そりゃあ確かに、Wデートの最中に『えっちなことに無関心な、清純ノンノちゃんになりたい』と願ったことはあったけれどね？　まさか本当になるとは思わないじゃん？　あれってフラグだったの？

人生二度目なのに、どうしてまた黒歴史を作らなくちゃならないのだろう。

そういうことを回避してこそ、転生者ってものじゃないのかな？

三つ編み伊達《だて》眼鏡の優等生スタイルとか、二往復もしなかった交換日記は、まぁいい。

アンタレスに相応《ふさわ》しい淑女になろうと勉強を頑張ったお陰で、今回の中間試験はかなり良い手応えを感じている。きっといつもより良い成績が残せるだろう。これについては不幸中の幸いであった。

ちなみにアンタレスは、裏山に大冒険に行ったりしていたのに、中間試験は楽勝だったようだ。

彼が普段から勉強に励んでいたお陰だろう。

私はほら、今まではどれだけ効率良く勉強を終わらせて、ちょいエロ小説を書く時間を確保するかが大事だったからね。

でも今回の件では本当に、アンタレスに迷惑を掛けすぎてしまった。「うわぁぁ～！」って頭を抱《かか》えて叫びたいほどの大後悔である。

まさかアンタレスが、校外学習イベントのアイテムである『一つだけ願いが叶う石』を探しに行くことになってしまうなんて、予想外の展開ですよ。

山神様の庭なんてものはゲームシナリオには登場しなかったはずなんですが、一体どなたなんですかね、山神様？

もう、裏山が怖すぎる。

私のエロ本を抽象画に改悪されたし、スケベが治る『清《きよ》らの草』も生えているし。これが鬼門っていう場所じゃないの？

その庭でどんなことがあったのか、私はとても気になったのだけれど。アンタレスは「ちょっと嫌な夢を見ただけ」と言うだけで、詳しい内容は教えてくれなかった。

恐怖の裏山のことだ。きっと本気でヤバい悪夢だったに違いない。

例えばアンタレスが三十歳を過ぎても童貞で、悪の魔法使いになってしまったとか。

その場合、私も三十歳を過ぎても処女確定じゃん。

あと十四年もアンタレスとえっちが出来ないなんて嫌だよぉぉぉ……！　本気で怖い……！

さらにプロキオンまで冒険に付き合わせてしまったそうで、申し訳なさが二倍だ。

アンタレスはプロキオンと友達になれたことを喜んでいるし、そのこと自体は私も嬉しい。アンタレスに信頼出来る相手が増えることは、とてもいいことだ。

ただ彼らの友情のきっかけが、私からのもらい事故みたいなものだから、心苦しいわけですよ。

「もう、アンタレスにもプロキオンにもどう恩返しすればいいのか分からないですね……」

プロキオンにはとりあえず、ジルベスト産高級蜂蜜の詰め合わせセットをお贈りしましたけれども。それだけじゃ全然、恩返しした気分にはなりませんね。

アンタレスには健全強制力がなかったら「身体で返します！」って、とっくに操《みさお》を捧げているレベル。

「僕はノンノが元に戻ればそれでいいよ。別にきみからの見返りを期待してのことじゃないから、気にしないで」

隣で寝転ぶアンタレスがそう言う。

「だけれど、アンタレスが助けてくれなかったら、私はあのままずっと純情で、前世の二の舞になるところだったし……」

「あのときのノンノって、前世の性格に似ていたわけ？」

「前世で人を好きになったことがなかったから、ああいう行動を取ったかは分からないけれど。結構近かったんじゃないかなぁ？　前世の私はかなり優等生だったのですよ。十八禁に手を出さないくらいに」

「ふーん。なら僕は、とても貴重なノンノに会えたんだね」

アンタレスはごろんと横向きになって、私に顔を近づける。

「十年も一緒にいて、ずっときみの心の声を聞き続けているのに、まだ僕の知らないノンノがたくさんいるんだね。きっとこれから先もそうなんだろうな」

アンタレスはそう言って微笑み、私の髪に触れる。ラグの上に広がった髪を梳《す》き、毛先をいたずらに指先に絡《から》める。

清純だった私ならとっくに逃げ出している状況だけれど、無事にスケベに戻ったので、アンタレスに触れられているこの時間を愛《いと》しく感じる。

私は自然としまりのない表情になった。

「ねぇノンノ、明日から試験結果が出るまで、採点のために半日授業でしょ。どこかに出掛けない？　明日は空いてる？」

「空いてないですねぇ。オーダーメイド専門のランジェリーショップに予約を入れておりまして」

「……じゃあ明後日は？」

「輸入品を扱うランジェリーショップに予約を入れました」

「…………」

「ちなみにその次の日は新作下着の発表会があって、その次の日はお直しに出していたバニーガール衣装がようやく届くので、一人ファッションショーの予定が入っていますね」

「この間、『下着を全捨てしてしまった』って泣き喚《わめ》いたばかりなのに。きみは本当に立ち直りが早いな……」

「だから散財しまくる予定が詰まってるんです～」

清純だった私がセクシー下着を全捨てしたことについては、滅茶苦茶《めちゃくちゃ》泣き喚いて、しっかりと後の祭りを開催した。

下着全捨ててってさぁ、思い切りが良過ぎるんじゃないかしら、私。次の日の下着くらい取っておこうよ。セクシー下着着用より、穿《は》いていないほうが淑女としてアウトでしょうに。どうして思い留《とど》まってくれなかったの。

セレスティがおへそまで覆《おお》うデカパンを買ってきてくれたからなんとかなったけれども。デカパン、お腹《なか》もお尻も暖かくて悔しい。実用性の良さに屈してしまいそうになる。

でも、やっぱりデザイン性ですよ。セクシーなデザインが一番好きで、着ていてテンションが上がるんですよ。

それなのに全部捨ててしまった……。あーあー、まだ一度も着用していない下着がいっぱいあったのに……。

自分が飽きる前のものを処分するのはつらいよ。

でも、やってしまったものは仕方がない。

一晩眠って、真っ赤に腫《は》れたまぶたをしょぼしょぼと開ければ、『クローゼットが空いたから、また新しいセクシー下着を買い込み放題じゃん！』って、気持ちも浮上する。

お金で手に入るものは、わりとどうにでもなるのだ。

「お気に入りのデザインを長く使えたら嬉しいけれど、新作のセクシー下着が出れば、またそっちも私のお気に入りになるのは間違いないんだもの。久しぶりに下着を総入れ替えしたと思うことにしたの」

新しいセクシー下着を買うのって、とってもわくわくする。

新品が持つエネルギーというか、鮮度というか、そういう煌《きら》めきが私の良い女度を爆上げしてくれるような気がするのだ。

「というわけで当分予定が詰まっているので、プロキオンと遊んでください」

「僕に恩返ししたいっていう話はなんだったわけ？」

「私のクローゼットがいっぱいになった頃に恩返ししますのでっ」

ハァ……と溜め息を吐《つ》いたアンタレスだが、ふと、なにか気になったことがあったかのように顔を上げた。

アンタレスはそのまま起き上がると、ラグの上をぽんぽんと叩いて私に正座するよう促《うなが》す。

「えっ、何事？　膝枕《ひざまくら》をご所望《しょもう》ですか、アンタレス君」

「いや、ちょっときみに尋問《じんもん》したいことがあったんだけれど」

「突然の不穏っ!?」

「ノンノって、リリエンタール公爵令息様のことをどう思っているわけ？」

突然、同じクラスの男子生徒の名前がアンタレスの口から飛び出してきて、私は困惑《こんわく》する。

リリエンタール公爵令息は、『レモキス』ではモブカーストの上位にランクインするエリートモブという印象だが。

私個人としては、ピーチパイ・ボインスキーの発禁処分の撤回に尽力《じんりょく》してくださった恩人として、父親のリリエンタール公爵閣下《かっか》と共に、足を向けて眠ることの出来ない尊《とうと》い御方の一人である。

「……本当にそれだけ？　彼の容姿や性格とか、ノンノの好みじゃないの？」

「全然ないよ。どうして急にリリエンタール様の話題が出てきたわけ？」

「……そう。ならいい」

アンタレスはそれ以上は語らず、再びラグの上に寝転んだ。そして私に向かって「おいで」と両手を広げる。

リリエンタール様のことは一体なんだったのか、という気持ちはあったが、めくるめくイチャイチャタイムを逃すのも勿体《もったい》ない。清純ノンノはよくこの誘惑に抵抗出来たものだ。

私はシュバババッと素早く寝転んで、アンタレスの腕の中へと転がる。そして彼の胸元に潜《もぐ》り込んだ。

「……こっちのノンノは僕の婚約者だし、僕の傍にちゃんといるから、いいや」

「こっちのノンノ？」

清純ノンノと比べてのことだろうか。

確かに、あいつはアンタレスに近寄るのも恥ずかしがっていたけれど、ちゃんとアンタレスの婚約者である自覚はあったんだが……。

そう思ってアンタレスを見上げたが、「なんでもないよ。こっちの話」と、彼ははぐらかした。

まぁ、無理に聞き出す気もない。

いつか教えてくれる日が来ればいいな、と私は思うだけだ。

第六章　グレンヴィル公爵家のお茶会

Chapter 6

すっかりスケベに戻った私は、以前と変わらぬ輝かしい日常を取り戻した。

日中は貴族学園でヒューマンウォッチングを楽しみ、放課後はバギンズ伯爵家《はくしゃくけ》に寄って花嫁修業をしつつアンタレスとイチャイチャし、夜はピーチパイ・ボインスキーとして新作の原稿に取り掛かる日々である。

そんなある日、半ば忘れかけていた招待状が届いた。グレンヴィル公爵家《こうしゃくけ》のお茶会である。

プロキオンに恩返しをするちょうど良い機会ではあるが、あまりの家格の違いを前にして、ビビりの私はいつものごとくテンパるのである。

「うううぅぅ、どうしよう～！　公爵家のお茶会なんて、小さい頃にアンタレスと一緒に行ったガーデンパーティーくらいしか記憶にないよぉぉぉ……。緊張するよぉぉぉ……！」

「そういえば、ノンノはあの時ガーデンパーティーを開催したのがどこの公爵家だったか、今も覚えてる？」

「え？　百合《ゆり》が綺麗だったことくらいしか覚えていないけれど」

「ふぅん。ならいい」

「どういう意味ですかね、アンタレス君や？」

それ以上は答えようとしないアンタレスに首を傾《かし》げつつも、私は馬車の窓から、これから向かう先を見つめた。すでに巨大な屋敷が視界に入っている。

グレンヴィル公爵家は、貴族街の一等地にかなり広大な敷地を所有しており、その屋敷は質実剛健な一族の性格を表すように古風な造りをしている。

馬車がグレンヴィル公爵家の門を潜《くぐ》ると、美しく剪定《せんてい》された前庭が私たちを出迎えてくれた。

この前庭だけで、ジルベスト子爵家《ししゃくけ》の何倍もありそう。

たまに庭木がウサギや鹿の形などに剪定されていて可愛い。動物のオブジェも所々に飾られているな、と思ったら、本物の動物も交じっていた。

孔雀《くじゃく》やカピバラ、白い猿の一家などが見える。

「ねぇ、アンタレス。グレンヴィル公爵家にも白い猿がいるよ。裏山で見た時は珍しいと思っていたけれど、王都には白い猿がいっぱいいるんだねぇ。ほら、子猿たちが馬車に手を振ってるよ。すごいね～！」

「……いや、あの白い猿は裏山に棲《す》んでいたやつじゃない？　裏山での暮らしに馴染《なじ》めなかったから、結局プロキオン様があの一家を屋敷に招いたのかもね。お優しい御方だから」

アンタレスが手を振り返すと、子猿たちがものすごく喜び、親猿は深々と頭を下げた。

裏山での冒険の際にアンタレスが白い猿たちに食料をあげたことは聞いていたが、まさかここまで感謝されているとは……。

そうこうしているうちに少しだけ緊張が薄れ、グレンヴィル公爵家の屋敷に辿《たど》り着く。

玄関前にはプロキオンと、すでに到着していたスピカちゃんが並んでいた。

二人はたくさんの動物に囲まれている。ふれあい動物コーナーみたいだね。

「ノンノ様！　バギンズ様！　こんにちは！　今日のお茶会、とっても楽しみですねっ！」

「我が家に来てくれてありがとう、アンタレス、ジルベスト嬢。とても嬉しい」

満面の笑みを浮かべるスピカちゃんの腕の中には、私たちが初めて出会った時の子猫が抱かれていた。

あの時はガリガリに痩《や》せ細っていたのに、もうすっかり大きくなって、毛並みもふわっふわになっている。グレンヴィル公爵家でたっぷりと可愛がられている様子で、ホッとした。

プロキオンの周囲には猫も犬もウサギも子羊も子豚もフクロウもカルガモもいて、動物園の飼育員さんみたいな状況になっている。

「スピカ様、グレンヴィル様、ごきげんよう」

「本日はお招きいただきありがとうございます、プロキオン様」

挨拶《あいさつ》をしてから、動物たちのことを話題に出してみる。

プロキオンはいつも通り無表情ながらも、少しだけ柔らかく目を細めて、肩に乗っているフクロウの羽を撫でた。

「この動物たちは、怪我や病気をしていたり、行き場を失っていたので、私が保護したものだ。野生に還《かえ》せる動物は還したが、ここにいるのは我が家に棲みついているものばかりだ」

どうやらプロキオンは、少女漫画に登場する『実は動物に優しいヤンキー』よりも哀《あわ》れな動物との遭遇率が高い人生を歩んでいるらしい。しかも大貴族だから、全部拾って飼えちゃうんだね。

アンタレスはプロキオンの話を聞くと、キラキラした眼差《まなざ》しで彼を見つめた。

「プロキオン様、学園の裏山で見かけた白い猿たちに先ほど会いました」

「ああ。あの一家も結局裏山に馴染めずにいたから、私が保護することにした」

「さすがはプロキオン様です。心優しいですね」

「ありがとう、アンタレス。……少し照れるな」

アンタレスが初めて出来た男友達にテンションが上がっている様子を、微笑ましい気持ちで眺めていると。

横からスピカちゃんが、私にこっそりと耳打ちしてきた。

「良かったですね、ノンノ様っ。バギンズ様と、もうすっかり仲直り出来ましたねっ」

「スピカ様、その件につきましては本当にお世話になりました……！」

正気に戻ったあと、私はすぐにスピカちゃんに、アンタレスと仲直りしたことを伝えた。

アンタレスだけでなく、スピカちゃんに対しても大変申し訳ないことをしてしまったと、反省の気持ちでいっぱいです。

スケベな自分を恥じていろいろと相談してしまったが、清純ノンノが消えてしまった今となっては、スピカちゃんはただ私に振り回されただけだ。本当にほんとうにごめんなさい。

それなのにスピカちゃんは、私とアンタレスが今まで通り一緒にいる様子を見て、

「解決して良かったですね！」

と、心から喜んでくれるのだ。本当に天使過ぎる。

そしてプロキオンからも励ましの言葉をいただいた。

「ジルベスト嬢、元気になったようで良かった。呪いの影響はつらいと思うが、お互いに挫《くじ》けず頑張ろう」

私のことを呪い持ちだと思っているプロキオンは、どうやら私の症状が悪化して、それでアンタレスが『一つだけ願いが叶《かな》う石』を探すことになったと思っているらしい。

こんなに優しいスピカちゃんとプロキオンに心配を掛けるとは、清純ノンノは本当に悪いやつだよ。

私は心を強く持ち、もう二度とあんなやつが生まれないように気を付けなくてはならない。

「そろそろ屋敷に入ろう。母が急にきみたちをお茶会へ招待したことには、私も驚いたが。ぜひ楽しんでもらえると嬉しい。我が家へ友人を呼ぶのは初めてのことだから、至らない点も多いと思うが、よろしく頼む」

プロキオンの表情に大きな変化はなかったが、うきうきとした気持ちが駄々《だだ》漏《も》れていた。

彼が案内してくれた玄関ホールには、使用人たちがずらりと並んでおり、その中央には一際《ひときわ》目立つ男女が並んでいた。

女性のほうは一度『大聖堂サブレーカフェ』でお会いした、エイダ夫人だ。

今日は以前お会いした時より気合いの入ったドレスをお召しになっており、表情も非常に明るい。というか、トパーズ色の瞳が若干潤《じゃっかんうる》んでいた。

アンタレスが隣からボソッと耳打ちしてくる。

「ご夫人は『これがプロキオンのお友達なのね……！』って感動しているよ」

なるほど。

エイダ夫人の隣に立っている男性は、きっとプロキオンの父親であるセブルス・グレンヴィル公爵閣下なのだろう。

騎士団長でもあるグレンヴィル公爵閣下は黒髪と紫色の瞳をした、とんでもない美形だった。プロキオンが大人になったらこんな感じに成長するのだろう。

内側が緋《ひ》色で外側が黒というマントの付いた黒い騎士団長服を隙《すき》なく着こなしており、公爵閣下がそこにいるだけで、周囲の者の姿勢を自然と正してしまう迫力があった。

もちろん私の背筋もピーンっと伸びるわけです。

「ようこそ、グレンヴィル公爵家へ。きみたちがプロキオンのお友達だね」

声まで渋くて格好良いなぁ。さすがは攻略対象者のパパである。

「バギンズ伯爵家のアンタレスと申します。こちらは僕の婚約者のジルベスト子爵令嬢です」

「ノンノ・ジルベストと申します。本日はお茶会にお招きいただきありがとうございます」

「私はスピカ・エジャートンと申しますっ。プロキオン様には、いつもとってもお世話になっております。よろしくお願いいたします！」

私たちの挨拶が終わるのを待ってから、プロキオンが両親の前に出た。

彼はどこか困惑《こんわく》した様子だ。

「母上だけでなく、父上も本日のお茶会に参加されるのですか？」

「……我が家のお茶会だ。私が参加して悪い理由などないだろう？」

「それは勿論《もちろん》その通りです。ですが……、父上はいつもお忙しく、母上が開かれるお茶会へ参加することなど、ほとんどなかったと私は記憶しております」

「息子のお友達が初めて我が家にやってきたのだ。いくら忙しかろうと、歓迎する時間ぐらい算段をつける」

「……あの、父上。あまり私の友達を品定めするような真似はなさらないでいただきたい」

「そんなことをするつもりはない。お前は私のことをなんだと思っているのだ」

「申し訳ありません。出過ぎた発言でした」

そんな父と子の会話を、エイダ夫人は不安そうな表情で見つめている。

プロキオンと両親の関係が上手くいっていないことは知っていたが、実際に彼ら親子の緊張感が漂う会話を聞くと、居た堪《たま》れない気持ちになってくる。

だって、ちょっと言葉が足りなくて、すれ違っているだけなのに。彼らは本当は仲の良い親子になれるはずなのだ。

私は今日、プロキオンへの恩返しのためにと意気込んでやってきたが、そんなことを抜きにしても、彼らの関係が良くなるといいなと思った。

心強いことに、この世界のヒロインであるスピカちゃんが、気合いの入ったご様子で拳を握っている。『プロキオン様とご両親の仲を取り持たなくっちゃ！』という気持ちなのだろう。

私はアンタレスに確認する。

「プロキオンとご両親はちゃんと仲良くなれるよね？　アンタレス？」

「拗《こじ》れてはいるけれど、お互いを嫌っているわけじゃないよ。むしろ、すごく……。いや、僕から断言するべきじゃないけれど。とにかく、関係を修復出来る可能性は十分にあると思う。それにゲームでは仲良くなれたんでしょ？」

彼は小声でそう言った。

すでに『レモキス』の展開と大きくズレが生じているのだが、まぁ、この健全世界では最終的にハッピーエンドが確約されているので、なんとかなるのだろう。なってほしい。

私たちは玄関ホールから移動し、ガラス張りの温室に案内された。もちろん動物たちもプロキオンの後を追ってついてくる。

ガラスと鉄で造られた小さな宮殿のような温室には、シトラス王国では見慣れない花々が咲いており、甘い香りに包まれていた。

小道を進んでいくと温室の中央部分に辿り着く。地面に煉瓦《れんが》が円形状に敷かれ、その上にお茶会の準備が整ったガーデンテーブルが用意されていた。

傍《かたわ》らにはペット用のテーブルも用意されており、動物たちの食べられる食材を使って作ったらしいケーキが並んでいた。

公爵家のシェフともなれば、ペット用のケーキもお茶の子さいさいなんだね。

そんなわけで始まったお茶会なのだが――……。

「それで、プロキオン様は大きな熊さんに跨《また》がって、私たちのところへ駆けつけてくださったんですっ！　プロキオン様は白いお猿さんをきちんと叱《しか》ってくださり、無事にノンノ様の蜂蜜レモンを取り返してくださったのですよっ。プロキオン様はとっても頼もしかったです！　ねぇ、ノンノ様？」

「ええ。それにスピカ様の手料理も取り戻してくださいました。グレンヴィル様の行動力は本当に素晴らしいものでしたわ」

「あのあと、僕たちはまた原っぱへ戻り、無事にランチを再開することが出来ました。プロキオン様のお陰です」

「まぁ、うちのプロキオンがこんなにお友達に慕《した》われているなんて……！」

私たちは一生懸命、プロキオンの素敵なところをご両親に話して聞かせた。

たぶんプロキオンは両親に学園でのことを話していないだろうし、この話題ならプロキオンと両親が楽しくお喋《しゃべ》りするきっかけになると思ったのだ。

それに、プロキオンはこんなに心優しい青年なので両親を恨んだりしていないですよ、というアピールにもなるはず。

だが、喋っているのは私たちとエイダ夫人ばかりで、肝心のプロキオンと公爵閣下はずっと聞き役に徹していた。

しかもこの二人、妙なところで親子らしさを発揮して、どちらもほとんど表情に変化がない。父親のほうはデレ部分がまったく見えず、息子はひたすらマイペースにお茶を飲んでいる。

プロキオンと公爵閣下のあまりの静かさに、私たちもつられるように沈黙の時間が増えてきてしまった。

学園でのプロキオンの様子を聞いてはしゃいでいたエイダ夫人も、お茶会の本来の目的――プロキオンと良好な親子関係を築くこと――を思い出したのか、息子の様子をチラチラと窺《うかが》い始め、笑顔が消えてしまった。

「……ノンノ。グレンヴィル公爵閣下が『うちのプロキオンがとっても良い子過ぎる‼　抱き締めて頭を撫でて褒《ほ》め称《たた》えてあげたいが、「父上、うざいです」などと嫌われたら私は生きていけない……‼　なにも伝えられん……‼』って苦悩しているよ。ご夫人のほうも、『やっぱり今さらプロキオンとの関係を修復したいだなんて、虫が良過ぎたのだわ……っ！』って、諦《あきら》めモードに入ってきたんだけれど」

「お二人とも諦めるのが早過ぎませんかね？」

今までだって、プロキオンの態度に気後《きおく》れしてしまい、伝えられなかった言葉がいっぱいあったのだろうに。

呪いに対抗するために無表情で寡黙《かもく》になってしまったプロキオンと、そんな息子にどう接したらいいか分からず、それでも父親の威厳を保とうとする公爵閣下。そして息子に負い目を感じて萎《い》縮《しゅく》してしまうエイダ夫人。

あまりにも長い間、三人はこの状態に陥《おちい》ってしまい、『歪《いびつ》ではあっても今までなんとか家族としてやってこれたのだから、これからもこのままでいられるのではないか』という甘えが根底に潜《ひそ》んでいるように見えた。

プロキオンが両親のことを憎んではいないこと、呪いについても前向きに克服しようとしていることを伝えるのは簡単だ。というか、カフェで一度エイダ夫人に伝えている。

プロキオン本人の口から自分の気持ちを説明させれば、グレンヴィル夫妻も納得してくれる可能性が高い。それで親子の長年の溝《みぞ》はあっという間に埋まるのだろう。

でも、本当にそれだけでいいのかな？

もっとグレンヴィル夫妻からも一生懸命に足掻《あが》いてほしいと願ってしまうのは、子供側の我《わ》儘《まま》なのかな？

歯がゆい気持ちで状況を見守っていると、――ついにスピカちゃんが動いた。

▽

スピカはお茶会の間中ずっと、むずむずした気持ちでグレンヴィル親子を眺めていた。

プロキオンもエイダ夫人もグレンヴィル公爵閣下も、今この場所にいる。

同じテーブルを囲んで座っている。

声をかければお喋りが出来て、手を伸ばせば抱き締められる距離にいる。

それがどれほど幸福でかけがえのないことなのか、きっと彼らは分かっていないのだろう。

そのことがスピカにはもどかしくて堪らなかった。

「あのっ、突然すみません。これは私の家族の話なのですが……っ」

スピカは両手の指を組み、真剣な眼差しでグレンヴィル夫妻を見つめた。

「私の父は侍女《じじょ》として雇われた母と出会って、恋に落ちました。ですが、祖父母に結婚を反対されて駆け落ちし、結局祖父母と和解することが出来ないまま、流行《はや》り病《やまい》で亡くなりました」

スピカにとって、両親と祖父母が永遠に和解することが出来なくなってしまったことは、安易に他人に話したくない事柄だった。

いつまでも引きずっていたくはない、けれど誰の慰《なぐさ》めも同情もほしくはない、一生を掛けてゆっくりと治していくしかない、神聖な生傷なのだ。

それでも、その生傷を人前に晒《さら》すと決めて、スピカは家族のことを話した。

グレンヴィル夫妻はスピカの苦しげな様子に気圧《けお》されたように肩を揺らした。

「……ああ、きみのお父様のことは知っているよ。在学中に何度か見かけたことがある。男爵令《だんしやく》息ながら、非常に気品がある青年だった。お悔やみを申し上げる」

「エジャートン男爵令息様はとても礼儀正しく、心優しい殿方でしたわ。こんなに可愛らしい娘さんを残して亡くなるなんて、さぞ無念だったことでしょう。ご冥福《めいふく》をお祈りいたします」

スピカはグレンヴィル公爵夫妻の言葉に丁寧《ていねい》にお礼を伝えてから、残された祖父母の話を始めた。

「祖父母は今もずっと、父ときちんと話し合わなかったことを後悔したままです。『もう二度と会えなくなるのなら、庶民との結婚を反対するのではなかった。もう二度と話せなくなるくらいなら、もっと早く許せばよかった』と。たくさんたくさん後悔して、……今も苦しんでいます」

もしも過去に戻れるのなら、スピカは両親と祖父母を和解させるために、なんだってするだろう。

でも、時を戻すことは出来ない。

死を覆《くつがえ》すことは出来ない。

『お祖父《じい》様とお祖母《ばあ》様がいつの日か天国へ向かう時、お父様とちゃんと仲直りが出来ますように』

と願いながら、日常を生きていくしかないのだ。

（でもプロキオン様とご両親は、まだここに生きているんだもの。お互いが生きていてくれる限り、何度だってやり直すための糸口を探せるわ。だから、こんなに簡単に諦めた表情をしてほしくないっ！）

スピカは一度深呼吸をしてから、グレンヴィル夫妻に言った。

「セブルス閣下とエイダ様は、今頑張ればまだ間に合います。いつか分かり合えたらと願ったまま、永遠に和解することが出来なかった私の家族のようには、ならないでください……っ！」

スピカは必死に頭を下げた。

どうか少しでも伝わってほしかった。

一緒に生きていられる今こそが奇跡だということを。

「……顔を上げてくれ、エジャートンさん」

グレンヴィル公爵閣下がスピカに声を掛けた。

その声は低いながらも、どこか優しい響きを持っていた。

「頭を下げなければいけないのは、私たちのほうだ」

「ありがとう、スピカさん。あなたの言葉のおかげでやっと目が覚めましたわ。今ならまだ間に合うのに、諦めてはいけませんでしたわね」

グレンヴィル夫妻はそう言って、スピカに優しい眼差しを向けた。

二人は先ほどまでの諦めた様子から一転し、覚悟を決めた表情をしていた。

(……良かったわ。これでちゃんと、プロキオン様と向き合ってくださいそう)

スピカの真心からの忠告は、長年足踏みばかりしてきたグレンヴィル夫妻の心にきちんと届いたようだ。スピカはホッと胸を撫で下ろす。

スピカがそのまま視線をよそに向けると、感動した様子でヘーゼルナッツ色の大きな瞳を潤ませているノンノと、感心した様子でこちらを見ているアンタレスの姿があった。

そしてもう一方の当事者のプロキオンは、少し眉間《みけん》にシワを寄せてスピカを見つめていた。

スピカが自身の家族の悲しい過去について詳しく話したのは初めてだったから、プロキオンは彼女の心の傷に胸を痛め、そして同時に呪いが発動していたのだ。負の感情を抱くと身体に激痛が走るという、非常に厄介な呪いを。

「……プロキオン」

ついにグレンヴィル夫妻が息子のほうへと向き直った。

プロキオンは激痛のため、少しゆっくりとした動作で両親に顔を向ける。

「お前には本当に申し訳ないことをした。今まですまなかった……っ!!」

「謝って済むようなことではないと分かってはいます。だけれど、本当にごめんなさい、プロキオン……!」

「父上? 母上? 急にどうされたのですか?」

両親からの突然の謝罪に、プロキオンはアメジスト色の瞳を大きく見開いた。

プロキオンはスピカの家族の話にばかり聞き入っていて、彼女がなぜグレンヴィル夫妻を説得しようとしていたのか、深く考えていなかったのだ。

「わたくしはあなたを、よその子供と同じように健康な体に生んであげられませんでした。そればかりか、呪い持ちの体に生んだことをあなたに疎《うと》まれていると思ったら、怖くて、あなたに近寄ることも出来ず、母親らしいことをなにもしてあげられませんでした。わたくしは最低な母親です。プロキオン、本当にごめんなさい」

「いいや、エイダは悪くないのだ。エイダと別れ、新しい妻を娶《めと》り、新たな嫡男《ちゃくなん》をもうけてプロキオンを養生《ようじょう》させるという選択を、私は選ぶことが出来なかったのだ。公爵家当主として正しい判断を下せなかった私が一番悪かった。本当にすまない、プロキオン……」

頭を下げる父と涙を流す母の姿を見て、プロキオンはようやく、自分がなにを謝罪されているのか理解した。

（父上と母上は、今までそんなことをお考えになっていたのか……）

プロキオンは自分のことを不幸だと思ったことは一度もない。

呪い持ちの体は、確かに煩《わずら》わしいことが多い。

自分の感情をコントロールするためにいつもポーカーフェイスになってしまったし、顔の左半分を覆《おお》う黒いアザのせいで周囲から気味悪がられて、最近まで友達の一人もいなかった。

だが、そのことを不幸だとは思っていなかった。

むしろ自分は恵まれているほうだと、プロキオンは思っていたのだ。

プロキオンは椅子から立ち上がり、そっと両親に近付くと、「顔をお上げください、父上、母上」と言った。母に対してはハンカチも差し出す。

「私は父上と母上のことを恨んだことは一度もありません。確かにこの体は少々厄介な呪いを受けておりますが、それは、他の人が持病を抱《かか》えていたり、生まれた環境が良くなかったりといった、誰の身にも降りかかる不運の一つに過ぎません。そして私はこの不運を乗り越えるための多くの力を、グレンヴィル公爵家から与えられてきています」

プロキオンがもしも貧しい庶民であったなら、感情をコントロールするために騎士の訓練を受けるなどといった金銭的な余裕はなかっただろう。

逆に王家に生まれていたとしても、周囲からの重圧が大き過ぎて、精神的な余裕がなかったに違いない。

グレンヴィル夫妻のもとに生まれてきたからこそ、プロキオンは彼らしく自分の呪いと向き合ってこられたのだ。

「今の私があるのは父上と母上のおかげです。私は気持ちを伝えるのは得意ではありませんが、いつだってお二人に感謝しております」

「まぁっ、プロキオン……‼」

「こんな不甲斐ない私たちに、お前はなんて優しい子なんだ……！」

父が真っ先にプロキオンを抱き締めた。母も慌《あわ》てて椅子から立ち上がると、息子と夫に抱き着いた。

プロキオンは両親からの熱い抱擁《ほうよう》に目を白黒させたが、恐る恐る両手を伸ばし、両親の背中に腕を回した。

そして少しだけ口元を綻《ほころ》ばせる。

(まさか父上と母上が、私の呪いをこれほど気に病《や》んでいたとは知らなかった。私は自分のことばかりで、両親のことを深く気に掛けたことがなかったが。……私はこれほどに愛されていたのだな)

両親の愛を自覚すると、先ほどまで感じていた激痛があっさりと引いていく。

子供はいくつになっても親からの抱擁を嬉しく感じてしまうものだということを、プロキオンは初めて知った。

「プロキオン様、ご両親と打ち解けられて本当に良かったですねっ！」

「スピカ様の忠告のおかげですわね!!　さすがスピカ様ですわ!!」

「ええ。僕もエジャートン嬢の説得のお言葉は素晴らしいと思いました」

「そんなっ、私は思ったことをそのままお伝えしただけで……！　エイダ様とセブルス閣下が勇気をお出しになったからこその結果です！」

ふいに、スピカたちの会話がプロキオンの耳に届いた。

(ああ、そうか。スピカ嬢に出会ってから、私の日常はこんなにも明るくあたたかなものになった

のだな)

プロキオンの脳裏に、スピカと出会った日のことが蘇《よみがえ》る。

▽

今年の春のこと。

貴族学園の校庭の隅で、小さな諍《いさか》いが起きていた。

「ふざけるなよ、お前！　ボインスキー先生の最高のヒロインの座は、猫耳メイドのアイリスたんに決まっているだろうがっ！」

「そうだぜそうだぜ！　アイリスたんしか勝たん！」

「アイリスたんが主人公に捧げる愛と忠誠心の尊さが、なんで分かんねーんだよ!?」

体格の良い三人の男子生徒が、寄って集《たか》って一人の気弱そうな男子生徒に詰め寄っていた。

プロキオンは、彼らが話している『ボインスキー先生』や『猫耳メイド』や『アイリスたん』が一体誰なのか、まったく分からなかった。

だが、気弱そうな男子生徒が涙目で震えているのは分かった。

「みっ、皆がなんと言おうと……！　僕は眼鏡巨乳教師のえろえろコーデリア様に、手取り足取り腰取り夜のお勉強を教えてほしいんだ……!!　アイリスなんかペチャパイじゃないか……!!」

「むしろ最高だろうがッッッ!!!　アイリスたんを悪く言うお前なんか、絶対に許さねぇ!!　おい、お前ら、やれ!!　アイリスたんの良さを思い知らせてやれ!!」

「合点《がってん》承知だ、相棒!!　いくぜ、アイリスたんの名台詞《めいぜりふ》を!!」

「『ご主人様！　アイリスは、世界の果てでも地獄の底でもベッドの中でもご一緒いたしますニャン♡（裏声）』」

「やめてっ!!　やめてよっ!!　どうしてこんなに酷《ひど》いことをするの!?　僕のコーデリア様への愛を試さないでよっっっ!!!」

これはきっと弱い者いじめなのだろう。騎士道に反する行いである。止めなくてはならない。

しかもこの時ちょうどプロキオンには、別の方向から彼らの諍いに介入しようとする女子生徒の姿が見えていた。

もしも暴力沙汰《ざた》に発展してしまうと、勇敢な女子生徒にまで被害が及んでしまうかもしれない。

プロキオンは早々に彼らの間に割って入ることにした。

「……こんなところで、なんの騒ぎだ。もうじき授業が始まるぞ」

彼が口を開いた途端、体格の良いいじめっ子たちは一瞬で顔が真っ青になった。

「すみません！」

「すぐに教室に戻ります！」

「お命だけはお許しを！」

彼らは口早に叫ぶと、プロキオンの前から逃げていく。

「まっ、待ってよ、皆！　僕を置いていかないで……！」

プロキオンが助けてあげたはずの男子生徒が、なぜか、いじめられていた時よりもガタガタと震えていた。

「お願いです！　僕を呪わないでください！　僕はコーデリア様のためにも、こんなところで死ぬわけにはいかないんです!!」

男子生徒はそう叫ぶと、三人のあとを追い掛けていってしまった。

（まぁ、いつも通りの反応だな）

いつもプロキオンが現れると、いじめていた側もいじめられていた側も手に手を取り合って逃げていってしまう。会話にならない。

そのことに胸の奥が急激に冷たくなったような気がしたが、この感情に引きずられてしまうと、また呪いの発作を引き起こしてしまう。

（……深く考えてはいけない。私も教室へ戻るか）

プロキオンが踵《きびす》を返そうとすると、目の前に先ほど視界の端に捉《とら》えた女子生徒が現れた。

「信じられません！　せっかく助けてくださった人にお礼も言わずに、呪いだなんて言いながら立ち去るなんて、あんまりですっ！」

ウェーブがかったピンクブロンドの髪と蒼《あお》い瞳をした華奢《きゃしゃ》な令嬢で、彼女はなんの恐怖も浮かべずにプロキオンを見上げ、そして話し掛けてきた。

予想外の出来事に、プロキオンはしばし固まる。

「さっきのことは、あなたはなにも悪くないですよ！　礼儀を知らない人のことなんて、気にすることないですっ」

どうやら彼女は、先ほどの出来事をプロキオンの立場に寄り添って考え、怒ってくれているようだ。

それだけでも、大変奇妙な令嬢だった。

「別に気にしていない。慣れている」

プロキオンは反射的に答えつつ、首を傾げた。

「……この学園に入学してから、初めて女子生徒に話し掛けられたな。きみは私が怖くないのか？」

「私、お別れは怖いですけれど、出会いを怖いと思ったことはありません！」

「そういうものだろうか？」

その後、スピカと名乗った彼女から、

「実は私、編入してきたばかりで、校庭で迷子になっているんですっ。校舎までの道をお教えいただけないでしょうか？」

と、お願いされたので、プロキオンは彼女を校舎まで案内することにした。

その間プロキオンは『人間とこれほど長い時間、話をしたのは初めてだな』と思うくらいに、スピカと会話をした。

同じ年代の令嬢が自分を前にしても逃げ出さないのが不思議で、笑いかけてくれるのが現実ではないようで、プロキオンは狐につままれたような気持ちになっていた。

スピカと別れる頃には、胸の奥にあったあの氷のような冷たさは、もうどこにも感じられなかった。

奇妙な出会いではあったが、一度きりのことだろうと思っていたプロキオンに、スピカはその後も校内で会う度《たび》に声を掛けてきた。

そして彼女を通して、アンタレスやノンノとも出会い、プロキオンの交友関係はどんどんと広がっていった。

誰かと一緒に食事をしたり、街に出掛けて遊んだり、男同士で裏山へ冒険をしに行ったり。

他の誰もが当たり前に経験することの多くを、プロキオンはこの歳になって初めて経験した。

スピカのお陰で、不幸ではなかったが無味乾燥だったプロキオンの世界が、明るく、あたたかく、喜びの多い場所へと変わっていく。

そして今もまた一つ、プロキオンの世界は変化した。

両親が抱えていた苦しみと深い愛情を知って、プロキオンの世界はまた、さらに優しい場所になっていた。

▽

プロキオンは両親の腕の中からもう一度、スピカを見つめた。

スピカはすっかりリラックスした様子で、隣の席のノンノに話し掛けているところだった。

そういえばスピカは屋敷に着いた時からどこか緊張した様子だったが、それはプロキオンと両親のわだかまりを解消させるためにいろいろと気を配ってくれていたからなのかもしれない。

(以前からスピカ嬢を好きだという自覚はあったが……。今ではより一層、彼女を愛《いと》おしいと感じる)

自分の世界をより良い方向へ広げてくれる特別な女性だと、スピカに対して好意が芽生えたのは、彼女と出会ってからほどなくしてのことだ。

けれどプロキオンはずっと、自分の心を戒《いまし》めてきた。

負の感情を発生させないように、呪いに飲み込まれないように、スピカのことを好きになり過ぎないように気を付けてきた。

だけれど、それは無駄な足掻きだったと今では思う。

(私は自分のことを不幸だと思ったことはなかった。恵まれていると思っていた。――けれど、こんなに幸福だと思えるのは、スピカ嬢に出会ってからだ。私はスピカ嬢のいない毎日が考えられないくらいに、彼女のことがとてもかけがえのない存在になってしまった)

プロキオンがそう思って、スピカを熱い視線で見つめていると。

なぜかアンタレスが気まずそうに顔を逸《そ》らすのが視界の端に映った。

▽

はぁぁぁ〜！　お茶会が無事に終わったよ〜！

窓から見える空が、橙《だいだい》色になり始めていた。

息子と打ち解け合えた途端、グレンヴィル夫妻のテンションが爆上げで、プロキオンの子供の頃の肖像画や思い出の品などが大量にお茶会の席へ運び込まれた。たぶん『可愛いうちの子を見て！』って自慢したい気分だったのだろう。

それらを見せてもらっているうちに、こんな時間になってしまったのだ。まぁ、いいけれど。

グレンヴィル親子の心の壁は取り払われ、これからどんどん関係が改善されていくのだろう。

彼らが無事にハッピーエンドに辿り着けて本当に良かったな、と私は思った。

「スピカさんたち、今日は本当にありがとう。また我が家に遊びに来てくださいね」

「毎日来てくれても構わんよ」

「はいっ！　また皆で遊びに来ますねっ！」

玄関ホールでグレンヴィル夫妻に暇乞《いとまご》いのご挨拶をしてから、屋敷の外へ出る。バギンズ伯爵家の馬車とエジャートン男爵家の馬車がすでに待機していた。

プロキオンとスピカちゃんにもお別れの挨拶をして、さぁ我が家へ帰るぞ！　と馬車に乗り込もうとした瞬間、アンタレスが私の腕を摑んだ。

「ノンノ、ちょっと待って」

「何事ですかね、アンタレス君や？」

「しぃっ。静かに」

アンタレスの様子を不思議に思っていると、突然、プロキオンがスピカちゃんの前に跪《ひざまず》いた。

そして腰に下げていた鞘《さや》から剣を抜き取ると、スピカちゃんに差し出した。

これにはスピカちゃんも驚いたように蒼い瞳を丸くしている。

「スピカ嬢、私はあなたに剣を捧げたい」

シトラス王国の騎士が剣を捧げるのは、国王陛下や王侯貴族など、自《みずか》らが忠誠を誓う主《あるじ》に対してのみだ。

だが例外として、主とは別の特別な相手に生涯に一度だけ剣を捧げることがある。

それは妻や恋人であったり、親きょうだいであったり、恩師であったりと、実に様々だ。

けれどとにかく、その騎士にとって唯一無二《ゆいいつむに》の特別な相手に捧げられる、とても大切な誓いなのである。

プロキオンは精悍《せいかん》な顔付きでスピカちゃんを見上げ、今この場で、その大切な騎士の誓いを彼女に捧げようとしていた。

「スピカ嬢に出会って、私の世界は一変した。人と関わることの喜びを知り、友人の大切さを学び、家族関係を再構築出来た。そしてなにより、あなたを想うことで、私の毎日は雨上がりの晴れ間ように輝いている」

「プロキオン様……」

スピカちゃんは最初はびっくりした様子だったが、徐々に頬が紅潮していった。

「私はあなたのためなら、なんだって差し出したい。なんだってしてあげたい。私は生涯、スピカ嬢の笑顔を曇らせるどんな災厄からも守る、あなたの騎士になりたい」

うわぁぁぁぁぁぁ〜!!? プロキオンったら、これってもう、事実上の告白じゃん!!!

あまりの熱烈な展開に思わずニヤけてしまったが、儚げな笑みしか浮かべられないモブ設定のお陰で、表面上はなんとかなった。

ただ、鼻息がめちゃめちゃ荒くなってしまった私の背中を、アンタレスが「落ち着いて、ノンノ」と撫でてくれた。でも、興奮し過ぎて落ち着くのはちょっと無理ですね!!

スピカちゃんはこのままプロキオンルートでハッピーエンドなのだろうか?

私はワクワクしながら、彼女に視線を向けた。

スピカちゃんは照れながらも嬉しそうに顔を綻ばせた。

「〝恩人〟として私に剣を捧げてくださるということですね! 騎士の誓いはとても大切なものだ

から、私なんかでいいのかな？　って、少し思っちゃいますけれど。でも、プロキオン様が私と出会ったことをそんなふうに思ってくださって、とっても嬉しいです！」

え？　もしかしなくてもスピカちゃん、自分のことをプロキオンの恩人枠だと思ってる？

いや、まぁ、確かにプロキオンも直接的に『好き』や『愛している』といった言葉は使わなかったけれどさ……。

でも、傍《はた》で聞いている側《がわ》には、ただの愛の告白にしか思えなかったんだけれどな……。

あ、アンタレスが無言で頷《うなず》いている。スピカちゃん、マジかぁ……。

「スピカ嬢が望むのなら、どのような形でもいい。私は私の剣を、ただ唯一のあなたに捧げたい」

プロキオンはプロキオンでスピカちゃん至上主義過ぎて、彼女の勘違いがまったく気にならないらしい。極甘だ……。

というわけで、プロキオンの騎士の誓いが始まった。

「私プロキオン・グレンヴィルは、騎士道の精神に則《のっと》り、スピカ・エジャートンへ愛と忠誠を込めて剣を捧げる」

プロキオンが宣誓をして剣を捧げると、スピカちゃんは赤面しながら剣を受け取った。

恩人枠だと思い込んでいる鈍感なスピカちゃんでも、プロキオンから『愛』などという単語を告げられると、さすがに動揺してしまうらしい。

スピカちゃんはプロキオンの肩に、彼の剣をそっと当てた。

「汝《なんじ》プロキオン・グレンヴィルを、私スピカ・エジャートンの唯一の騎士に任命しますっ！」

「有《あ》り難《がた》き幸せ」

その瞬間、夕暮れの光が一際《ひときわ》強くなり、辺りを燃えるような茜《あかね》色に染め上げた。

あまりの眩《まぶ》しさに目を細めた途端、男性の低い声がどこからか響いてきた。

《そなたたちの『騎士の誓い』を、我《われ》がしかと見届けたぞ》

……眩し過ぎてよく見えないが、新たな神様の出現のようだ。

なんとなく頭上に、プレートアーマー姿のでっかい騎士みたいな男神がいらっしゃるような気がする。

私たちは慌てて男神に頭《こうべ》を垂れた。

《我は軍神であり、騎士道を司《つかさど》る神でもある。其処《そこ》な騎士の熱く秘めたる想いと、令嬢の騎士を想う誠実さに、いたく感動した。そこで我が誓いの証人となり、二人に祝福を与えよう》

男神の発言に、さすがのスピカちゃんとプロキオンも驚きの声を上げた。

「そっ、そんなっ、神様っ！　とんでもないことです！」

「そのような厚遇を賜《たまわ》るなど、滅相《めっそう》もないことでございます」

《若人《わこうど》が遠慮をするな。そら、祝福だ》

男神が頭上でなにかをした——……未《いま》だに周囲が眩し過ぎて、男神のほうを見上げられないんだよね。

とにかく男神がなにかをした途端、プロキオンがスピカちゃんから受け取ったばかりの剣が、ゴオッと炎に包まれた。

しばらくして炎が消えると、鋼《はがね》の剣が黄金の剣に変化していた！

……おや？　金の斧《おの》ネタがここで回収された気が……？

《騎士とその忠誠を捧げられる者として、二人で支え合い、励まれよ》

「軍神様。身に余るほどの祝福をいただき、深く感謝いたします。必ずや、この剣を使いこなしてみせます」

「私もっ、プロキオン様の忠誠を受け取る身として、相応《ふさわ》しい人になれるよう努力しますっ！」

《ハハハッ、二人の将来を楽しみにしておる》

楽しげな笑い声をこぼしながら、男神は天上の世界へと帰っていった。

男神が消えた途端、眩しい光が収まった。

すでに夕日はほとんど見えなくなっていて、紫色になり始めた空に一番星が輝いている。

「……普通に騎士の誓いをしていたと思ったら、すごい展開になったね、アンタレス」

「神々は気さくな方が多いからね」

私とアンタレスがようやく肩の力を抜いて話している横で、当のスピカちゃんとプロキオンは黄金の剣に夢中になっていた。

今回、スピカちゃんとプロキオンは恋の成就《じょうじゅ》までは辿り着かなかったけれど、それも仕方がないのかもしれない。

ゲームよりも早くプロキオン側の好感度はカンストしちゃったけれど、スピカちゃんは未だに自分の気持ちに無自覚みたいだし。

二人の気持ちがちょうど釣り合ったところで、ハッピーエンドを迎えるのかもしれない。

「プロキオン様とエジャートン嬢は、二人らしい形で幸せになれるよ。だからノンノ、僕たちは静かに彼らを見守っていよう？」

「そうだね、アンタレス」

まぁ、今でも十分に幸せそうな二人だ。

ちょうど今、プロキオンがスピカちゃんの手を取り、その手の甲に『また明日』のキスを落とす。友達の枠を超えて騎士になったプロキオンは、結構大胆なようだ。

スピカちゃんは耳や首筋まで赤く染め、プルプルと震えながらそのキスを受け取っていた。

甘酸っぱい二人の光景は、どこか幻想的で、私にはまるで本物のお姫様とその専従騎士がいるみたいに見えたのだった。

あとがき

After word

こんにちは、三日月《みかづき》さんかくです。

この度は『妄想好き転生令嬢と、他人の心が読める攻略対象者』の二巻をお手に取っていただき、誠にありがとうございます！

二巻を上梓《じょうし》出来たのも、読者様が一巻を応援してくださったお陰です。感謝の念に堪《た》えません。

私事ですが、妄想転生令嬢二巻と他社様の原稿執筆期間中に能登《のと》半島地震が起き、大津波警報が発令され、新潟《にいがた》県海沿い在住のため避難いたしました。幸い身内も家財も原稿データも何一つ失わずに済んだのですが、避難の最中は出版を諦《あきら》めかけたので、こうして無事に書籍を世に送り出すことが出来てとても安堵《あんど》しております。

能登半島地震で被災された方々にお見舞いを申し上げると共に、被災地の一日も早い復興をお祈り申し上げます。

さて、二巻もＷＥＢ版から大幅に改稿いたしました。

婚約者になったノンノとアンタレスが健全強制力のせいでキスまでしか出来ないという、大変愉快な地獄となっております。

キスしか出来ない婚約者期間の話をＷＥＢ版で書くのはいろいろと難しいだろうなと思っていたので、Ｄノベルf版で書くことが出来て本当に楽しかったです。

この調子で初夜ギリギリまで書かせていただけるといいですね！

今回もイラストを担当してくださった宛《あたか》先生、お忙しい中またしても美麗イラストを描いていただき、本当にありがとうございました！

豪華にもカラー口絵とモノクロイラストの一枚目に、ノンノとアンタレスのキスシーンを描いていただきました。二人のラブラブっぷりをぜひお楽しみください。

そしてついに、スピカのヒーローであるプロキオンもイラストに登場です。スピカと並ぶと最高に可愛いカップルなので、無事に結ばれてほしいものです。

二巻でもデザイナー様が最高のセンスを発揮してくださいました。タイトルに赤の差し色が入ってとても素敵です。私は『心』の文字のハートも大好きです。本当にありがとうございました！

担当編集者様、宛先生、本書に関わってくださったすべての皆様、そして応援してくださる読者の皆様、本当にありがとうございました！

妄想転生令嬢の物語を長く書いていけるといいなと願っているので、ぜひ今後も応援していただけますと幸いです。

皆様にまたお会いできるのを楽しみにしております！

Dノベルf

妄想好き転生令嬢と、
他人の心が読める攻略対象者2
～ただの幼馴染のはずが、溺愛ルートに突入しちゃいました!?～

三日月さんかく

2024年6月10日　第1刷発行

★定価はカバーに表示してあります

発行者　瓶子吉久
発行所　株式会社　集英社
〒101－8050　東京都千代田区一ツ橋2－5－10
03(3230)6229(編集)
03(3230)6393(販売／書店専用)　03(3230)6080(読者係)
印刷所　図書印刷株式会社
編集協力　後藤陶子

造本には十分注意しておりますが、
印刷・製本など製造上の不備がありましたら、
お手数ですが小社「読者係」までご連絡ください。
古書店、フリマアプリ、オークションサイト等で
入手されたものは対応いたしかねますのでご了承ください。
なお、本書の一部あるいは全部を無断で複写・複製することは、
法律で認められた場合を除き、著作権の侵害となります。
また、業者など、読者本人以外による本書のデジタル化は、
いかなる場合でも一切認められませんのでご注意ください。

ISBN978-4-08-632025-2　C0093
© SANKAKU MIKADUKI 2024　Printed in Japan

作品のご感想、ファンレターをお待ちしております。

あて先

〒101－8050　東京都千代田区一ツ橋2－5－10
集英社ダッシュエックスノベルf編集部　気付
三日月さんかく先生／宛先生